Bianca

Novia inocente
Melanie Milburne

HARLEQUIN

Editado por HARLEQUIN IBÉRICA, S.A.
Núñez de Balboa, 56
28001 Madrid

© 2009 Melanie Milburne. Todos los derechos reservados.
NOVIA INOCENTE, N.º 2006 - 23.6.10
Título original: Bound by the Marcolini Diamonds
Publicada originalmente por Mills & Boon®, Ltd., Londres.

Todos los derechos están reservados incluidos los de reproducción, total o parcial. Esta edición ha sido publicada con permiso de Harlequin Enterprises II BV.
Todos los personajes de este libro son ficticios. Cualquier parecido con alguna persona, viva o muerta, es pura coincidencia.
® Harlequin, logotipo Harlequin y Bianca son marcas registradas por Harlequin Books S.A.
® y ™ son marcas registradas por Harlequin Enterprises Limited y sus filiales, utilizadas con licencia. Las marcas que lleven ® están registradas en la Oficina Española de Patentes y Marcas y en otros países.

I.S.B.N.: 978-84-671-7950-7
Depósito legal: B-16597-2010
Editor responsable: Luis Pugni
Preimpresión y fotomecánica: M.T. Color & Diseño, S.L.
C/ Colquide, 6 portal 2 - 3º H. 28230 Las Rozas (Madrid)
Impresión y encuadernación: LITOGRAFÍA ROSÉS, S.A.
C/ Energía, 11. 08850 Gavá (Barcelona)
Fecha impresion para Argentina: 20.12.10
Distribuidor exclusivo para España: LOGISTA
Distribuidor para México: CODIPLYRSA
Distribuidores para Argentina: interior, BERTRAN, S.A.C. Vélez Sársfield, 1950. Cap. Fed./ Buenos Aires y Gran Buenos Aires, VACCARO SÁNCHEZ y Cía, S.A.
Distribuidor para Chile: DISTRIBUIDORA ALFA, S.A.

Capítulo 1

A Sabrina le parecía que no habían transcurrido más que unas semanas desde la boda de su mejor amiga. Y ahora se encontraba asistiendo a su funeral. Todo funeral es triste, pero uno doble es todavía peor, pensó mientras los ataúdes de Laura y Ric, el esposo de su amiga, salían solemnemente de la iglesia sobre los hombros de los portadores de traje oscuro.

La mirada de Sabrina se encontró con la del más alto de ellos, pero la apartó en seguida. Su corazón empezó a latir con la fuerza de una locomotora. Aquellos ojos negros como el carbón expresaban algo muy poco apropiado dada la situación. Sintió que el vello de la nuca se le erizaba de excitación.

Acurrucó a Molly junto a su pecho mientras salía del templo junto con el resto de los asistentes. Trató de encontrar consuelo en el hecho de que un bebé de apenas cuatro meses no recordaría el trágico accidente que se había llevado a sus padres. Al contrario de Sabrina, Molly no recordaría el olor dulzón de los lirios y los rostros desencajados por el dolor ni sería testigo del terrible momento en que su madre era depositada dentro de la tierra dejándola sola en el mundo.

El cortejo fúnebre partió hacia el cementerio. Tras

un oficio breve pero conmovedor, los asistentes se dirigieron a la casa de la madrastra de Laura a tomar un refrigerio.

Ingrid Knowles estaba en su elemento en su papel de anfitriona doliente. Se abría paso entre la multitud charlando con unos y con otros con una copa de vino en la mano y el maquillaje y el peinado intactos.

Sabrina trató de pasar desapercibida, quedándose en un segundo plano para proteger a Molly del parloteo de los invitados. La mayoría de los amigos íntimos de Laura y Ric se habían marchado después del servicio religioso. Menos Mario Marcolini. Desde el momento en que había entrado en la casa había permanecido apoyado indolentemente en una pared sin hablar y sin beber, limitándose a observar a la concurrencia.

Sabrina trataba de ignorarlo, pero de vez en cuando se le iban los ojos sin querer y cada vez que esto ocurría se encontraba con su oscura y cínica mirada fija en ella. Un sudor frío la invadió al recordar lo ocurrido la última vez que habían estado solos.

Se sintió aliviada cuando Molly empezó a agitarse, pues esto le servía de excusa para escapar a otra habitación y atender a la niña.

Cuando regresó Mario ya no estaba apoyado contra la pared. Estaba suspirando aliviada pensando que se habría marchado cuando sintió el roce de un cuerpo masculino detrás de ella.

–No esperaba volver a verte tan pronto –dijo Mario con marcado acento italiano.

Sabrina se giró lentamente acunando a Molly contra su pecho.

—No, yo tampoco...

Bajó la mirada, tratando de encontrar algo que decir. ¿Cómo conseguía aquel hombre hacerle sentir como si fuera una colegiala en lugar de una mujer madura de veinticinco años? Era sofisticado y elegante, un hombre de mundo, mientras que ella era, lo reconocía muy a su pesar, bastante torpe socialmente.

—Ha sido todo un detalle por tu parte volver a Australia desde tan lejos —murmuró.

—No tiene importancia —replicó él con voz ronca—. Es lo menos que podía hacer.

Se produjo otro incómodo silencio.

Sabrina se humedeció los labios tratando de no pensar en lo cerca que estaban sus cuerpos y en la reacción tan estúpida que había tenido ante esa proximidad unas semanas antes. ¿Sería capaz de olvidar alguna vez aquellos embarazosos minutos?

—Parece que la madrastra de Laura se lo está pasando pipa —comentó Mario.

—Sí, me alegro de que su padre no esté aquí para verlo —replicó ella—. Laura se hubiera sentido abochornada si... —se mordió el labio tratando de contener las lágrimas—. Lo siento. Estoy intentando ser fuerte por Molly, pero a veces...

—No te disculpes —dijo él—. ¿Crees que Molly es consciente de lo que está pasando?

Sabrina miró al diminuto bebé y suspiró.

—No tiene más que cuatro meses; es difícil saberlo. Come y duerme bien, pero probablemente es porque está acostumbrada a que yo la cuide de vez en cuando.

Se produjo otro tenso silencio.

–¿Hay algún sitio donde podamos hablar en privado? –preguntó Mario.

Sabrina se había jurado a sí misma que nunca se permitiría volver a estar a solas con Mario Marcolini. Era demasiado peligroso. Aquel hombre era un mujeriego; todo el mundo lo sabía. Aun en una situación tan triste como un funeral era incapaz de despojarse de ese aire de encanto desenfadado.

Vio que sus oscuros ojos la envolvían con interés y experimentó un escalofrío al recordar la pasión que había estado a punto de probar hacía un tiempo. Ni sus labios ni su cuerpo habían vuelto a ser los mismos después de haber sentido la dureza de su masculinidad contra su cuerpo.

Hizo un esfuerzo por pensar en otra cosa; aquél no era el momento ni el lugar para pensar en su estúpida reacción. Cuadró los hombros y señaló con la cabeza una de las habitaciones que comunicaban con el salón principal.

–Hay un pequeño estudio donde he dejado el cochecito y la bolsa de Molly.

Lo guió hacia la estancia, temblorosa, consciente de su mirada a cada paso que daba. Sin duda la estaba comparando con las glamurosas mujeres con las que retozaba en su país, pensó con amargura. Su última amante había sido modelo de pasarela, rubia platino, alta y delgada como una caña y con unos pechos que seguramente harían que dormir boca abajo le resultara bastante incómodo, si no imposible. Aunque lo más probable es que estuviera con otra. Era de esos hombres que cambian de novia como de camisa.

Su estilo de vida no le iba en absoluto. Sabrina aspiraba a tres cosas en la vida: amor, estabilidad y compromiso, y sabía que sólo una ingenua podía esperar eso de Mario Marcolini. Era guapo y tan tentador como el mismísimo diablo, pero estaba fuera de su alcance, y siempre lo estaría. Su torpe intento de llamar su atención en el bautizo de Molly lo había dejado claro.

Abrió la puerta del estudio y colocó a Molly bajo la mantita rosa con delicadeza antes de girarse hacia Mario. Era increíblemente atractivo. Con su metro noventa y cinco de estatura, que contrastaba con los ciento setenta y tres centímetros de ella, y esos cabellos tan negros y brillantes como sus ojos, la hacía sentir gris y ratonil en comparación.

Él cerró la puerta tras de sí. El bullicio de las conversaciones quedó amortiguado de inmediato, haciendo que el silencio del estudio se volviera aún más intimidante.

La miró largamente, ejerciendo sobre ella un poder casi magnético.

—Tenemos que resolver un asunto lo antes posible —anunció.

Sabrina se humedeció los labios con la punta de la lengua. Se había estado preparando para ese momento, pero aun así se sintió desolada. Sabía lo que él pretendía hacer. Se iba a llevar a Molly a Italia y no había nada que ella pudiera hacer para impedírselo. Si Mario Marcolini, tan poderoso e implacable, así lo decidía, ella no volvería a ver a su pequeña ahijada.

—Supongo que te habrás enterado de que nos han nombrado tutores de Molly —declaró.

Sabrina asintió mientras tragaba saliva con dificultad. Dos días antes la habían informado de las condiciones de la tutela dispuestas en el testamento de Laura y Ric. Y también del hecho de que la madrastra de Laura pensaba impugnarlo, convencida como estaba de que su marido y ella podrían ofrecerle a Molly un futuro más seguro y estable.

El abogado había expuesto con franqueza las posibilidades que tenía de Sabrina de quedarse con la niña y la cosa no tenía buena pinta. El tribunal daría prioridad a los intereses de la pequeña a la hora de tomar su decisión.

Sabrina estaba soltera y en paro, mientras que Ingrid Knowles y Stanley, su marido, a pesar de sobrepasar la cincuentena, disfrutaban de una buena posición económica y estaban claramente deseando tener un niño.

–Sí, conozco los deseos de Laura y Ric, pero mi abogado me ha dicho que tengo muy pocas probabilidades de cumplirlos dadas mis… circunstancias actuales.

Él le dirigió una mirada inescrutable.

–Dichas circunstancias consisten en que estás soltera, en paro y que se te considera una destrozafamilias, ¿me equivoco?

A pesar de la rabia que le daba mostrarse de acuerdo, Sabrina sabía que no le quedaba otra. La prensa del corazón la había descrito como una niñera de altas miras que no había dudado en saltar de cama en cama para conseguir sus propósitos. Ella habría querido defenderse, pero sabía que las víctimas serían los niños Roebourne, que descubrirían que su padre no era más que un lascivo canalla.

—Algo así —respondió ella con gesto sombrío—. Si Laura supiera que su madrastra va a conseguir la custodia de Molly, se le rompería el corazón. La odiaba con todas sus fuerzas. Me lo dijo unos días antes del accidente —confesó tragándose las lágrimas.

Mario comenzó a recorrer la estancia de un lado a otro, como si fuera un león enjaulado planeando su escapada.

—No permitiré que a esa mujer y su marido les den la custodia de la hija de Ric —anunció con los ojos brillantes de determinación—. Haré todo, repito, todo lo que esté en mi mano para impedirlo.

A Sabrina le dio un vuelco al corazón al oír tan firme declaración. A continuación expresaría su intención de llevarse a Molly a Italia con él. ¿Podría ella impedírselo? Sabrina se había criado sin madre, sin nadie que la amara y la comprendiera. ¿Cómo podía permitir que le ocurriera lo mismo a la pequeña Molly?

—Se me ha ocurrido una solución provisional —dijo Mario.

—¿Ah… sí? —balbuceó Sabrina.

—Nosotros somos los padrinos de Molly y sus tutores legales. Ambas cosas implican una responsabilidad que pienso tomarme muy en serio.

—Lo entiendo pero, como tú mismo has dicho, los dos somos responsables de ella y yo también pienso tomármelo seriamente —replicó ella deseando sonar firme y no intimidada.

—Entonces tendremos que compartir dicha responsabilidad de la mejor manera posible.

—¿Qué sugieres que hagamos? —preguntó Sabrina—.

Yo vivo en Australia, y tú en Italia. Así no podemos compartir la custodia de un bebé; el tribunal no lo permitirá. No podemos andar llevándola de un país a otro; no es más que un bebé, por el amor de Dios. No sé cómo será en tu país, pero aquí los tribunales anteponen los intereses del niño a cualquier otra cosa.

La mandíbula de Mario había adoptado un gesto duro.

–Ric era mi mejor amigo –dijo–. No voy a permitir que a su hija la críe una pareja que, en mi opinión, no es merecedora ni siquiera de ocuparse de un animal.

–En cualquier caso, creo que va a ser casi imposible ganar la batalla por la custodia –opinó ella tratando a duras penas de apartar la mirada de su boca–. No sé qué más hacer; lo he analizado desde todos los ángulos y me temo que hay pocas posibilidades de que se cumplan los deseos de Laura y Ric.

Otro silencio. La tensión se palpaba en el ambiente. El aire estaba cargado de la presión de algo desconocido, de la calma que precede a la tormenta.

–Creo que deberíamos casarnos lo antes posible.

Sus palabras cayeron en el silencio como cantos en un plácido estanque. Sabrina tragó saliva con dificultad.

–¿Qué... has dicho? –consiguió balbucear a duras penas.

–Es lo único que podemos hacer por el futuro de Molly –explicó–. Somos sus padrinos; casándonos convenceremos al tribunal de que somos los candidatos idóneos para hacernos cargo de ella.

Sabrina sintió que la cabeza le daba vueltas. Tenían que ser imaginaciones suyas; ¿de verdad acababa él de sugerir que contrajeran matrimonio? Apenas se conocían. Sólo se habían visto dos veces, y en ambas ocasiones se habían mostrado recelosos el uno del otro. ¿Cómo podía aceptar un plan tan descabellado?

–Piénsalo, Sabrina –continuó–. Soy un hombre rico; puedo darle a Molly todo lo que necesite. Tú tienes experiencia con niños pequeños. Somos lo suficientemente jóvenes para ser unos buenos padres adoptivos. Es la solución perfecta.

Sabrina logró por fin encontrar su voz, que sonó ronca.

–¿Me estás pidiendo que me case contigo?

Los ojos de Mario relampaguearon con irritación ante su tono de voz.

–No será un matrimonio de verdad, si eso es lo que te preocupa. Cada uno seguirá con su vida, aunque está claro que tendrás que venir a vivir conmigo a Italia, al menos hasta que Molly alcance una edad en la que tu presencia no sea absolutamente necesaria. Cuando llegue el momento reconsideraremos la situación y tomaremos las medidas oportunas.

Sus ojos grises parpadearon al tiempo que sus mejillas se cubrían de un leve rubor.

–¿Vivir contigo… en Italia?

Mario se sintió airado. Era él el que llevaba las de perder. Se había jurado a sí mismo que nunca se sometería al yugo matrimonial. Amaba su libertad; disfrutaba de cada minuto de una vida en la que él ejercía el control absoluto sin las ataduras de una relación permanente. Pero, tras recibir las noticias de la muerte de su mejor amigo, se había dado cuenta de que tenía que intervenir en aquella situación. Y hacerlo rápido.

Hacía mucho tiempo, cuando ambos tenían diecinueve años y se encontraban esquiando en los Alpes suizos, Ric había arriesgado su propia vida para salvar a Mario. Éste sabía que de no haber sido por el valor y la determinación de su amigo, que había apartado con sus manos desnudas la nieve que lo había dejado sepultado, ahora no estaría vivo. El vínculo amistoso que siempre los había unido se hizo más fuerte que nunca y Mario supo en ese momento que sólo la muerte podría romperlo.

Ric le había confiado los intereses de Molly y él pensaba honrar la confianza que habían depositado en él, aunque eso significara atarse temporalmente a una mujer de dudosa reputación.

Sabrina Halliday parecía una chica sencilla y recatada, pero Mario había atisbado lo que se escondía dentro de ese cuerpo delgado aunque rotundamente femenino. Sin duda estaba jugando a hacerse de rogar. Él conocía muy bien a las cazafortunas y, en su opinión, ella era un caso clásico. Puede que su amor por Molly no fuera fingido, pero eso no quería decir que no fuera plenamente consciente de lo que podía sacar de la situación.

–Tengo intención de darte un dinero por cada año que estemos juntos –explicó–. Incluso estoy dispuesto a negociar la cantidad.

Ella frunció el ceño de una manera que parecía bastante genuina, pero él estaba acostumbrado a las tretas de las mujeres que saben cuándo el dinero anda cerca.

–¿Crees que quiero que me pagues por ser tu esposa? –preguntó.

Él le sostuvo la mirada.

–Puedes pedirme lo que quieras, Sabrina. No tienes más que decir una cantidad. Quiero quedarme con Molly y pagaré lo que sea necesario para conseguirlo.

Esta vez, el rostro de Sabrina se tornó pálido y sus blancos dientes comenzaron a mordisquear el labio inferior.

–Creo que tienes una idea equivocada sobre mí…

–Dejemos de perder el tiempo en esta discusión, Sabrina –la cortó, impaciente–. Me hago cargo de que irse a vivir a otro país es un paso que no debe tomarse a la ligera pero, ¿no crees que dados los últimos acontecimientos éste es el momento ideal para escapar de las habladurías que se ciernen sobre ti?

Sabrina se ruborizó. Al igual que todo Sydney, él también pensaba que era culpable. Lo veía en sus ojos, en la manera en la que la miraba de arriba abajo, como si estuviera desnuda. La prensa no se había portado bien con ella, pero él más que nadie tendría que saber cómo funcionaban los medios de comunicación. Él había estado sometido a ellos toda la vida y era muy injusto por su parte dar por hecho que el retrato que la prensa había hecho de ella se ajustaba a la realidad.

¿Pero casarse con él?

Sintió un hueco en el estómago ante la idea de estar, no sólo en el mismo país que él, sino también en la misma habitación. Mario representaba todo lo que ella no era, como muy bien había demostrado con su torpe intento de besarlo aquel día. ¿Cómo podría aceptar su oferta y someterse a una tentación diaria? Y, lo que era aún más preocupante, ¿podría resistirse a sus avances, en caso de que él decidiera que quería consumar el matrimonio? Era la tentación personificada. Exudaba pulsión sexual por todos los poros de su cuerpo.

–No has encontrado trabajo de niñera interna, y me imagino que no te será fácil hacerlo durante un tiempo –continuó–. Al fin y al cabo, ¿qué esposa que se respete emplearía a una conocida vampiresa para que se haga cargo de sus hijos?

Sabrina rechinó los dientes.

–No soy eso que dices. Fui el chivo expiatorio y nadie quiso creerme.

Su expresión era de cinismo.

–A mí no me interesa lo que hicieras o dejaras de hacer –dijo–. Necesito una esposa cuanto antes, y por lo que veo, tú eres la candidata más apropiada.

Ella lo miró, altiva.

–Me sorprende que quieras casarte con una chica con una reputación como la mía. ¿No te preocupa la mala influencia que pueda ejercer sobre Molly?

–Te he visto con Molly y no tengo ninguna duda sobre el amor que sientes por ella. Además, ella está acostumbrada a que la cuides y no quiero que su rutina se vea alterada más de lo que ya lo ha sido. No tengo ni idea de cómo cuidar a un bebé y, francamente, ninguna de las mujeres con las que alterno sabría por dónde empezar. Y no olvidemos que era el deseo de Laura y Ric que nos encargáramos de la niña.

Sabrina sintió una pequeña punzada en el pecho al pensar en las mujeres a las que el seguiría viendo si se casara con él.

Aquello se llamaba «matrimonio de conveniencia», un acuerdo en beneficio de ambas partes y, en este caso, de una niña pequeña que había perdido a sus padres de manera trágica. Mario seguiría con su vida de playboy y ella haría el papel de madre sufriente y abnegada. Por supuesto, se le recompensaría bien, de eso estaba segura. El dinero no era un obstáculo para los Marcolini. Cuando unos meses antes había muerto su padre, Mario se había hecho cargo del negocio familiar de inversiones de capital a pesar de no ser el primogénito. Antonio, su hermano mayor, era un conocido cirujano plástico que viajaba por todo el mundo dando conferencias sobre una técnica de reconstrucción facial inventada por él. El dinero que ambos hermanos habían heredado y ganado por sus propios medios era más del que Sabrina podía imaginar.

Ella sólo tenía diez años cuando perdió a su madre y aunque la familia de acogida que le tocó en suerte no era pobre ni mucho menos, sí que había sido frugal y conservadora a la hora de gastar el dinero. Ahorraban para las cosas necesarias y no se permitían ningún lujo. Sabrina no pisó un restaurante hasta que tuvo dieciséis años, cuando ahorró el dinero suficiente haciendo de canguro para celebrar el cumpleaños de una amiga.

Mario Marcolini, por su parte, seguramente había sido alimentado por famosos chefs a lo largo de su acomodada vida. El traje que llevaba parecía de diseño, y el reloj de plata que rodeaba su bronceada muñeca seguramente costaba más que su propio coche.

Exudaba riqueza y privilegio, de ahí su arrogancia.

Un llanto tenue procedente del cochecito sacó a Sabrina de su ensimismamiento. Era hora de cambiarle el pañal a Molly y darle de comer.

—Ya, ya, pequeñita —la arrulló mientras tomaba entre sus brazos el pequeño bulto de color rosa—. ¿A qué viene tanto alboroto? ¿Tienes hambre?

—¿Puedo?

Sabrina se giró, sorprendida por el tono ronco y profundo de la voz de Mario.

—Por supuesto —dijo acercándose hacia él.

Mario tomó al bebé cuidadosamente y le acarició la cabecita con una de sus manos. Sabrina lo miró mientras acunaba a Molly contra su pecho. La niña parecía diminuta en contraste con sus grandes y fuertes extremidades. Esbozó una sonrisa al tiempo que acariciaba la pequeña mejilla con uno de sus largos dedos.

—*Ciao, piccola; sono il vostro nuovo papa* —dijo en italiano.

Sabrina pensó, asombrada, en cómo un niño tan pequeño podía cambiar de esa manera la actitud de un hombre. El cinismo había desaparecido de su oscura mirada dando paso a una cálida ternura que Sabrina deseó empleara al mirarla a ella.

Al igual que él, haría cualquier cosa por proteger a Molly, pero lo que él había propuesto la hacía sentir muy insegura. Unirse oficialmente a ese hombre era mucho más que compartir una casa y el cuidado de la niña. No sería un matrimonio de verdad. No pudo evitar pensar que vivir con él desdibujaría de alguna manera los límites, por lo menos para ella. Desde el momento en que lo conoció en la boda de Laura y Ric, un año y medio antes, la invadía una debilitadora sensación cada vez que se cruzaban sus miradas. Y eso que ella no era de esas mujeres que se fijaban en los hombres guapos. Siempre había sido muy precavida en lo que referente al sexo masculino, lo que hacía que el fiasco de los Roebourne resultara todavía más irónico.

Alguien llamó a la puerta e Ingrid Knowles entró en la habitación con gran alboroto.

–¿Dónde está mi nieta? –preguntó arrastrando ligeramente las palabras–. Quiero presumir de ella ante mis amigos.

Sabrina se puso en guardia como un gato acorralado.

–Primero tengo que cambiarla y darle de comer –le espetó–. Además, no es tu nieta. No te toca nada.

Ingrid hizo una mueca de disgusto y miró a Sabrina despreciativamente.

–Crees que te la vas a quedar, ¿verdad? Pues te equivocas. He hablado con mi abogado. No tienes ni la más remota posibilidad; no después de lo que le hiciste a la pobre Imogen Roebourne. Mira que tratar de seducir al marido a sus espaldas…

Sabrina sintió que Mario la rodeaba con un brazo, mientras sostenía al bebé con el otro.

–La han informado mal, señora Knowles –dijo con fría autoridad–. Sabrina es inocente en el caso Roebourne. La prensa manipuló la información.

Ingrid rió sin ganas.

—¿Y usted se lo cree?

—Pues la verdad es que sí —respondió con total tranquilidad—. De otra manera no estaría pensando en casarme con ella.

Ingrid enarcó las cejas.

—¿Que se va a casar con *ella*? —preguntó boquiabierta.

Él aumentó la presión en torno a la cintura de Sabrina.

—Nos casaremos tan pronto como podamos y nos llevaremos a Molly a Italia.

—¿Es verdad? —preguntó dirigiéndose a Sabrina—. ¿De verdad te vas a casar con este hombre?

Los segundos pasaban mientras Sabrina meditaba su respuesta. Sentía el brazo de Mario en su cadera, transmitiéndole un calor que se propagaba por la cara interna de sus muslos, como una hoguera ardiendo a fuego lento. Sabía que si aceptaba el plan de Mario se estaría arrojando directamente a las llamas.

Miró a la niña, acurrucada contra el pecho de Mario: su cara de muñeca y su boquita sonriente zanjaron la cuestión. ¿Cómo podía decir que no?

—Esto… sí. Es verdad. Vamos… a casarnos.

—Eres una cazafortunas de mayores proporciones de lo que yo pensaba —le espetó Ingrid, mordaz—. Apenas lo conoces. ¿Cuántas veces lo has visto, dos? ¿Qué otra razón tendrías para casarte con él, aparte de su dinero? De eso se trata, ¿a que sí? Siempre has querido casarte con un hombre rico. ¿Y quién es más rico que un Marcolini?

Sabrina sintió que sus mejillas enrojecían.

–Esto no tiene nada que ver con el dinero.

–Por supuesto que no –intervino Mario–. Se trata de lo que es mejor para Molly. Es lo que querían sus padres.

Ingrid miró a Mario con odio.

–No os vais a salir con la vuestra. Stanley contratará al mejor abogado y os hará picadillo.

Los ojos de Mario brillaron, implacables.

–Antes de eso dígale que sé lo que ha estado haciendo con la cuenta Whinstone.

Se produjo un vibrante silencio.

Sabrina vio cómo la madrastra de Laura apretaba con fuerza los dientes. Su verde mirada se paseaba nerviosa por la habitación. Casi sintió lástima por ella.

–No va a salirse con la suya –masculló Ingrid entre dientes, aunque su pose desafiante se veía visiblemente disminuida.

Mario asió a Sabrina con más fuerza al tiempo que dedicaba a la mujer una sonrisa de superioridad.

–Creo que acabo de hacerlo –replicó–. Sabrina ha aceptado convertirse en mi esposa y, por lo que me a mí respecta, el tema termina ahí.

«No», pensó Sabrina con una extraña sensación en el estómago mientras Ingrid salía de la habitación con aire majestuoso. «Esto no ha hecho más que empezar».

Capítulo 2

NO TIENES por qué preocuparte, Sabrina –dijo Mario devolviéndole a Molly–. No creo que volvamos a oír de la señora Knowles una vez estemos oficialmente casados.

Sabrina atendió al bebé mientras meditaba sobre el compromiso que acababa de contraer. No tenía escapatoria si quería proteger a Molly. Mario había dejado caer que Stanley Knowles estaba metido en asuntos turbios. Y, sabiendo lo que Laura sentía por su madrastra, ¿cómo podría permitir que unas personas así se convirtieran en los tutores de su pequeña ahijada?

–Conseguiré una licencia especial –dijo Mario.

Sabrina siguió vistiendo a Molly con manos temblorosas.

–¿Cuándo crees que... nos casaremos?

–Tan pronto como podamos –fue su respuesta–. No quiero que pase de una semana, quizá menos.

Sabrina sintió que el estómago le daba un vuelco. *¿Una semana?*

–Me parece un poco precipitado.

–¿Tienes el pasaporte al día? –preguntó él.

–Sí, pero...

–Bien. Necesitaré tu pasaporte y tu certificado de nacimiento.

–Mario, yo...

–Es importante que empecemos con el papeleo, Sabrina –le dijo con firmeza–. Además, tengo que volver a casa. Los negocios me esperan.

«Sin duda te esperan también tus amantes», pensó Sabrina con resentimiento mientras preparaba el biberón de la niña.

–Antes has dicho que no va a ser un matrimonio de verdad –dijo sintiendo cómo se le ruborizaban las mejillas. Un escalofrío le recorrió el cuerpo entero al imaginarse cómo sería estar casada con él «de verdad»–. También has dado a entender que se trata de una solución provisional. ¿Has fijado algún límite temporal?

–Molly no es más que un bebé. Necesitará una madre a tiempo completo, por lo menos hasta que tenga edad de ir a la guardería.

Sabrina se mostró suspicaz.

–¿Y qué ocurrirá entonces? –preguntó.

–Contrataré los servicios de una niñera y tú quedarás libre.

La arrogancia de Mario le hizo fruncir el ceño.

–¿Piensas sacarme de la vida de Molly así como así? –preguntó.

–No necesariamente de la vida de Molly, pero sí de la mía. Nos divorciaremos discretamente y ambos podremos seguir con nuestras vidas.

–A ver si lo entiendo: tú obtienes la tutela de Molly en Italia y a mí me mandas de vuelta a Australia. ¿Estoy en lo cierto?

Él se encogió de hombros.

–Eso depende de ti –respondió–. Por ser mi ex mujer tendrás la opción de residir en mi país, pero la decisión de vivir en Roma o en Sydney será enteramente tuya.

–¿De verdad crees que me voy a apartar de Molly como si ella no significara nada para mí? –preguntó, furiosa–. ¿Y qué hay de sus deseos? Para entonces me considerará su madre; de hecho ya lo hace. Lo que propones no sólo es ridículo, sino también una crueldad para Molly y para mí.

La vehemencia de Sabrina le hizo enarcar las cejas.

–Vamos, Sabrina –dijo con frialdad–. Estás acostumbrada a cuidar a niños y a formar parte de sus vidas hasta que las familias dejan de necesitar tus servicios y te tienes que marchar.

–No es lo mismo –sostuvo Sabrina.

–¿Acaso no sentías cariño por los niños que te pagaban por cuidar?

Sabrina sintió en su interior una oleada de odio que amenazaba con estallar.

–Por supuesto que siento mucho cariño por los niños que están a mi cargo, pero Molly es mi ahijada, además de la hija de mi mejor amiga. Es una relación totalmente diferente, especialmente dadas las circunstancias.

–Nuestro matrimonio no será permanente –dijo él–. Con tal de que entiendas eso no tendrás ningún problema en seguir viendo a Molly si así lo deseas una vez nos divorciemos.

Sabrina se puso en pie y apoyó al bebé contra su pecho al tiempo que le daba suaves golpecitos en la espalda para que soltara el aire. Sus ojos echaban chispas.

—Crees que lo tienes todo solucionado, ¿no? Sé en qué consiste tu plan, Mario. Quieres una niñera barata mientras tú sigues viviendo como un playboy.

Él sonrió, burlón.

—¿Barata, Sabrina? ¿Así es como te describes a ti misma? Creo recordar que los periódicos han dicho eso de ti, entre otras muchas cosas.

—No voy a permitir que me apartes de la vida de Molly cuando a ti te dé la gana. Quiero formar parte de su vida independientemente de lo que pase entre nosotros.

—Entre nosotros no va a pasar nada, Sabrina. ¿O acaso tienes otros planes? Una aventurilla conmigo para pasar el tiempo, igual que hiciste con el señor Roebourne?

Sabrina le lanzó una mirada fulminante.

—He conocido a tíos asquerosos a lo largo de mi vida. Pensé que Howard Roebourne era el peor, pero tú, Mario Marcolini, te llevas la palma.

Él seguía sonriendo burlón al acercarse a ella y acariciar la mejilla de la niña con el dedo. Sabrina contuvo el aliento; su proximidad le permitía apreciar la barba incipiente en su mandíbula y las negras e insondables pupilas de sus ojos color chocolate. En el aire se respiraba una mezcla de loción de afeitado y feromonas masculinas que le produjo una extraña arritmia. Sintió su dedo en la barbilla.

—¿Es así como lo hiciste? —preguntó con un brillo duro en la mirada—. ¿Así es como sedujiste a un respetable hombre casado, incitándole con esos ojos grises a que se acostara contigo?

Sabrina hubiera querido apartarse, pero no lo hizo

por no despertar a Molly, que se había quedado dormida apoyada en su hombro.

–Yo no le seduje a él ni a nadie –le espetó, indignada.

El dedo de Mario recorrió su barbilla y su labio inferior.

–Eso no es del todo verdad, ¿no crees? –murmuró–. Es normal que los hombres encuentren difícil resistirse a la tentación. Yo mismo estuve a punto de caer cuando te ofreciste a mí el día del bautizo.

Sabrina se quedó muy quieta, sin atreverse a respirar. Deseó probar aquel dedo, metérselo en la boca y chuparlo, para ver si los ojos masculinos brillaban de deseo. Era una tortura estar tan cerca de él y no tocarlo. El día de bautizo llevaba unas copas de más, pero en aquel momento, estando sobria, lo seguía deseando.

Mario apartó la mano.

–Tengo que irme –dijo echándole una ojeada a su reloj–. Iré a tu apartamento esta noche con algunos documentos que tienes que firmar.

Sabrina sintió los muros de su prisión cada vez más cerca. Cuando Mario Marcolini quería algo era como una apisonadora. Aquél era el momento de decirle que no pensaba formar parte de su plan. ¿Por qué, entonces, no abría la boca? Porque decirle no a Mario equivalía a despedirse de Molly, de eso estaba segura.

En su conversación con la madrastra de Laura había demostrado lo duro que podía ser al negociar. ¿Acaso iba a dudar en hacerle lo mismo a ella? Si optaba por no casarse, sin duda él utilizaría su menoscabada reputación en su contra. Solicitaría la tutela exclusiva de la niña, algo que conseguiría sin esfuerzo gracias a su posición económica y social. Además, si no se casaba con ella, contraería matrimonio con cualquier otra y ella no volvería a ver a Molly.

Mario, acompañado de Sabrina, se abrió paso entre los invitados, mientras Ingrid y Stanley Knowles seguían bebiendo y charlando como si estuvieran en una fiesta veraniega.

Tras colocar a la niña en el asiento infantil de su coche, Sabrina se giró para mirar a Mario.

–¿Tienes mi dirección?

–La busqué en la guía telefónica –respondió–. Estaré allí a eso de las ocho.

–¿Y si Ingrid aparece antes de esa hora? –preguntó, intranquila–. Ha estado viniendo a mi casa todos los días desde que los servicios sociales me entregaron a la niña. La última vez se mostró muy grosera. Pensé que alguno de mis vecinos iba a llamar a la policía.

Él tamborileó los dedos en el techo oxidado de su coche.

–Entonces será mejor que ni Molly ni tú aparezcáis por allí.

–¿Adónde vamos, entonces?

–Vendréis a mi hotel –respondió.

–¿Crees que es buena idea? Quiero decir… ¿habrá espacio suficiente para nosotras?

Su mirada era inescrutable, pero sus labios se curvaron en una sonrisa burlona.

–Molly puede dormir en el cochecito y tú en mi cama.

El corazón de Sabrina volvió a palpitar con fuerza.

—¿En la cama contigo? —tragó saliva con dificultad.

—Sólo si me invitas —respondió él, provocativo.

—De ninguna manera —dijo ella con firmeza.

—No, por supuesto que no —su sonrisa se tornó en una mueca desdeñosa—. Te gusta lo prohibido ¿verdad? A ti lo que te va son los hombres casados.

—Te aseguro que ninguno de tus amigos casados correrá peligro cerca de mí —replicó ella elevando la barbilla.

Él la tomó entre sus dedos pulgar e índice y la miró fijamente a los ojos.

—Quizá éste es el momento adecuado para recordarte el comportamiento que espero de mi esposa mientras estemos casados.

La piel de Sabrina ardía bajo los dedos de Mario. Sintió la respuesta de su cuerpo: sus pechos se endurecieron y la cara interna de sus muslos se estremeció al tiempo que el corazón le latía alocadamente.

—No sé qué esperas que haga —dijo tratando de controlar la respiración—. No puede decirse que… estemos enamorados ni nada parecido y yo no pienso fingir que hay amor entre nosotros.

Sus ojos la miraban fijamente.

—Me alegro de que menciones esa palabrita de cuatro letras. Eres más que bienvenida en mi cama, pero no te hagas ilusiones. Sé cómo funciona la mente femenina.

Sus palabras la desconcertaron. Su arrogante suposición de que ella iba a enamorarse de él le resultó ofensiva.

—Nunca podría amar a alguien como tú –le espetó–. Eres lo contrario de lo que busco en un hombre.

Él volvió a sonreír de modo burlón.

—¿Ah, sí?

—Para empezar, eres un egoísta. Y cruel. Y... –buscó otros adjetivos que lo describieran, pero lo único que le venía a la mente era lo bueno que era con Molly. Para ser un playboy parecía sentirse muy cómodo con los bebés.

—Pero soy rico –siguió sonriendo él–. Y eso lo compensa todo, ¿no te parece?

—No tienes dinero suficiente para tentarme –Sabrina sacudió la cabeza, despectiva.

—Ya veremos –replicó él mientras abría la portezuela del pasajero.

Ella frunció el ceño.

—¿Qué haces?

—Sujeto la puerta para que entres en el coche.

—Sí, ya lo veo, pero ¿por qué? El volante está al otro lado, por si no te has dado cuenta.

—Conduciré yo. Dime adónde tengo que ir.

—Muy fácil: al infierno.

Sus ojos brillaron divertidos.

—Sé a lo que estás jugando, Sabrina. Llevas haciéndolo desde que nos conocimos. Te gusta seducir a los hombres lentamente, ¿verdad? Poco a poco, hasta que finalmente se rinden.

—No sé de qué me hablas.

Él se inclinó hacia ella y volvió a tomarla por la barbilla.

—Tomaré ese cuerpecito tuyo siempre que quieras –dijo en voz baja y seductora–. En cualquier momento, lugar y posición. No tienes más que pedírmelo. Como la última vez.

Sabrina sintió una fogosa explosión en su interior al imaginarse cómo sería Mario en la cama. A pesar de su inexperiencia en el terreno sexual lo conocía lo suficiente como para saber que era lo que cualquier mujer busca en un amante: exigente, excitante, atrevido y peligrosamente atractivo. El único beso que se habían dado se lo había demostrado. Sintió que la sangre corría alocada por sus venas ante su proximidad. No tenía más que ponerse de puntillas y sus bocas se unirían...

El ruido de los invitados saliendo de la casa fue lo único que salvó a Sabrina de cometer la misma tontería otra vez. Desasiéndose de Mario, se sentó en el asiento del copiloto. Las piernas le temblaban.

–¿Adónde nos dirigimos?

–Gira a la derecha en el próximo semáforo –dijo–. Mi apartamento está en el cuarto edificio a la izquierda. Pero no creo que sea buena idea quedarme en tu hotel con...

Se detuvo al ver las furgonetas de los medios de comunicación aparcadas cerca de su edificio.

–Oh, no...

–Ni los mires. Ignóralos –le aconsejó Mario mientras estacionaba el coche en el aparcamiento de inquilinos detrás del anticuado edificio–. Yo me ocuparé de ellos mientras tú subes y recoges lo que vayas a necesitar. Siempre puedo enviar a alguien por el resto.

Mario le dedicó unas breves frases a la prensa, adornando un poco la historia para divertirse. Unos minutos más tarde, tras ver cómo las furgonetas desaparecían, soltó un suspiro de satisfacción y entró en el edificio.

El apartamento de Sabrina estaba limpio y ordenado, pero Mario entendió por qué siempre había buscado empleo entre las clases altas. Como muchas de las cazafortunas que había conocido en el pasado, estaba tratando de mejorar su situación actual. Un hombre rico, aunque estuviera casado, podía facilitarle las cosas. La historia con Howard Roebourne le había salido mal, pero sin duda encontraría a otro millonario una vez pusiera fin a su matrimonio, pensó Mario con escepticismo.

–¿Cuánto tiempo has vivido aquí? –preguntó Mario.

–Un par de años –respondió–. Me gustaría tener algo más grande en las afueras, pero no tiene mucho sentido pues la mayoría de las familias para las que he trabajado prefieren que viva con ellos.

–Debe de ser difícil tener vida privada viviendo en casa ajena. No me extraña que trataras de trabajar y divertirte bajo el mismo techo.

Ella le lanzó una mirada fulminante.

–Piensas que soy una ramera, ¿verdad? Tú, precisamente, un hombre cuyos devaneos sexuales aparecen constantemente en los periódicos. Tu doble rasero me da ganas de vomitar.

–No he recurrido a acostarme con mujeres casadas. Todavía quedan suficientes solteras y sin compromiso por probar.

–Eres un cerdo –espetó–. No tienes moral. Seguro que a las mujeres con las que te acuestas no les dedicas ni un solo pensamiento una vez has terminado con ellas. Qué manera de vivir tan superficial y egoísta.

–No es más superficial y egoísta que tocar lo que no es tuyo –señaló él.

–No sabes nada sobre mí. Crees que sí, pero no tienes ni idea.

–Sé lo que me ha contado Howard Roebourne.

Sabrina sintió que palidecía.

–¿Lo... lo conoces?

–El mundo de los negocios no es tan grande como crees. Roebourne y yo nos movemos en los mismos círculos financieros. Me lo encontré en un evento corporativo la última vez que estuve aquí.

–¿Y qué... qué te contó? –preguntó a pesar de no querer oír la respuesta.

–Nada que no me imaginara –respondió con una sonrisa enigmática.

A Sabrina le rechinaron los dientes. Por eso había permitido que lo besara el día del bautizo de Molly, para ver si era cierto lo que había oído. Si ya la tomaba por una libertina, su conducta en el bautizo no había hecho más que confirmar sus sospechas.

Aquel día se había comportado de una manera inusual en ella. Culpaba a las tres copas de champán que llevaba encima, pero el caso es que las había bebido sólo para aplacar los nervios que sentía en su presencia.

–¿Estás lista? –le preguntó mientras sostenía la bolsa de Molly en una mano y la desvencijada maleta de Sabrina en la otra.

–Sí –respondió ella evitando su mirada.

Una vez cargado el coche, Mario volvió a ponerse tras el volante.

–Debo advertirte de que la prensa se va a volver

loca con lo de nuestra boda. Sé que no te hace mucha gracia esto, pero creo que lo mejor será hacer creer a todo el mundo que se trata de un matrimonio por amor. Es lo que les he dicho antes en la puerta de tu casa. Se han puesto contentísimos.

Sabrina se lo quedó mirando, alarmada.

–¿Les has dicho que estoy enamorada de ti?

Él la miró maliciosamente.

–Por supuesto. No olvides que tengo una reputación que mantener. No puedo permitir que la gente crea que te casas conmigo por dinero. Es humillante.

–La única razón por la que nos vamos a casar es Molly. Lo de pagarme ha sido idea tuya –señaló ella secamente.

–Sí, pero nadie tiene por qué saberlo. ¿Has decidido cuánto quieres?

Sabrina se giró para mirar por la ventanilla. No había cantidad de dinero suficiente que pudiera devolverle a su amiga, pero sí podría depositar el dinero de Mario en una cuenta a nombre de Molly. Cuando su propia madre murió la dejó sin nada. El estigma de la pobreza, del vivir de la caridad de los demás nunca la había abandonado. Estaba claro que a Molly nunca le faltaría de nada estando bajo la protección de Mario, pero Sabrina quería demostrar el amor que sentía hacia su ahijada proporcionándole unos ahorrillos cuando fuera mayor. Estaba decidida a no gastarse ni un solo céntimo en su persona.

–Casi me parece oír el chirriar de la caja registradora dentro de tu cabeza –dijo Mario–. Estás calculando cuánto te hace falta para poder vivir a lo grande el resto de tu vida.

Ella lo miró con desprecio.

–Quiero medio millón por cada año que estemos casados.

–Dame tus datos bancarios. Me aseguraré de que recibes la primera cuota una vez estemos casados.

Sabrina jugueteó con la correa del bolso durante unos instantes.

–¿Va a ser necesario que adopte tu nombre?

–Sabrina Marcolini. Suena bien, ¿no piensas?

–Prefiero Halliday, el apellido de soltera de mi madre.

–¿No tienes padre?

–No que yo sepa. Mi madre nunca me habló de él. Creo que estaba casado, aunque mi madre nunca me dio explicaciones.

Se produjo un breve silencio.

–Dijiste que *era* el apellido de tu madre –intervino él–. ¿Significa eso que se casó?

–No, significa que murió –dijo Sabrina con un nudo en la garganta–. Yo tenía diez años. El tren en el que iba a trabajar descarriló. Quedó atrapada entre los hierros.

–Lo siento mucho. Ni Ric ni Laura me lo habían contado.

–Laura sabía lo duro que es crecer sin madre –dijo Sabrina–. Cuando ella perdió a la suya era un poco mayor que yo, pero el que su padre se casara con Ingrid unas semanas después la dejó desolada. Sintió que había perdido a ambos. Su padre murió poco antes de conocer a Ric... Pero supongo que ya sabes la historia.

Él cambió de marchas con el ceño fruncido.

—No conocía muy bien a Laura. La vi por primera vez el día de su boda. Ric y yo fuimos al colegio juntos. Seguimos siendo buenos amigos a pesar de que se fue a vivir a Australia cuando tenía catorce años.

—¿Venías a visitarlo?

—Sí, he estado en Australia unas siete veces, y Ric volvía a Italia de vez en cuando —explicó—. Mi hermano estuvo aquí, en Sydney, hace un par de meses.

—Sí, lo leí en el periódico. Vi el nombre y supuse que era tu hermano. Ha venido a dar unas conferencias, ¿no?

—Sí, pero también para reconciliarse con su mujer.

Sabrina se sintió intrigada.

—¿Y eso?

—Estuvieron separados cinco años, pero han reanudado su relación. Renovaron sus votos hace apenas unas semanas y están esperando un hijo.

—¿Te agrada su reconciliación? —preguntó ella.

—Me alegro mucho por los dos —respondió al cabo de unos instantes—. No soy un hombre muy familiar, pero sé cuándo dos personas hacen buena pareja. Hubo un tiempo en que pensé que Antonio estaría mejor sin Claire, pero reconozco que me equivocaba.

—No creo que sea buena idea tomar partido en las discusiones matrimoniales —reflexionó Sabrina acordándose de las veces en que Laura se había quejado de la cabezonería de Ric para a continuación pregonar lo mucho que lo amaba.

Sabrina se preguntó si la situación del hermano de Mario no explicaría en gran parte el cinismo con que éste afrontaba las relaciones. Había visto a su hermano sufrir una larga separación; seguramente no estaba dispuesto a permitir que ninguna mujer tuviera tanto poder sobre su vida. Él, y sólo él, era quien imponía las condiciones en sus relaciones. El amor y el compromiso no formaban parte de la ecuación, aunque hubiera un niño de por medio.

Mario la necesitaba para que hiciera de madre adoptiva de Molly, pero sólo durante un tiempo limitado. Y si quería salir de todo aquello con el corazón intacto más le valía recordarlo.

Aquello no iba a durar siempre.

Aquello no era real.

Tragó saliva y añadió para sí: «Aquello era peligroso».

Capítulo 3

EL HOTEL en el que estaba alojado Mario era exactamente como Sabrina se esperaba de alguien de su clase: lujoso a más no poder, con vistas panorámicas del puerto, varios restaurantes de cinco estrellas, piano bar y gimnasio con uno de los mejores spas de la ciudad.

Su suite, situada en la última planta, era moderna y decorada con muy buen gusto. El espacio, diáfano, le confería un aspecto de mansión más que de habitación de hotel. Desde todas y cada una de las ventanas se apreciaban unas vistas asombrosas incluso para alguien que había vivido en Sydney toda su vida.

Molly estaba dormida en el cochecito, y Sabrina aprovechó para deshacer el equipaje y colocar sus cosas en uno de los espaciosos armarios. Resueltamente le dio la espalda a la enorme cama, vestida con sábanas de algodón egipcio, varias almohadas de pluma y un edredón que parecía relleno de aire. Pero aun así, no pudo evitar imaginarse a Mario tendido, desnudo, sobre la cama. Trató de desechar esos pensamientos. Meditó sobre lo surrealistas que habían sido los últimos días. Laura, la única amiga que la comprendía, se había ido para siempre. Seguía pensando que alguien la despertaría para decirle que todo había sido un error, que los cuerpos que habían sacado del amasijo de hierros en que había quedado convertido el coche de Ric no eran los de éste y Laura sino los de unos desconocidos. Había vuelto a quedarse sola. Bueno, no del todo, pues tenía a la pequeña Molly que, gracias a Dios, no se estaba enterando de los acontecimientos de los últimos días. Llegaría el día en que habría que contarle la verdad.

La pequeña empezó a lloriquear y Sabrina la sacó de la sillita y la acunó contra su pecho aspirando su aroma infantil.

–Shh, no llores bonita –dijo suavemente–. Sé que todo esto es nuevo para ti. También lo es para mí. Tendremos que tomarnos las cosas como vienen hasta que se me ocurra la manera de salir de ésta.

Mario, que entraba en ese momento por la puerta, alcanzó a oír las palabras de Sabrina. Así que estaba planeando escaparse... No se saldría con la suya. Si trataba de huir sin consultárselo la acusaría de secuestro.

Mario reconocía que Sabrina tenía un aire de inocencia que resultaba bastante atractivo. Pero había conocido a muchas mujeres supuestamente tímidas en el pasado y su experiencia le decía que eran las más taimadas y calculadoras.

Tenía a Sabrina bien calada. Una interesante conversación con Howard Roebourne la noche anterior al bautizo de Molly había confirmado que bajo su apariencia de chica normal y corriente se escondía una arribista. La mujer que se había arrojado a sus brazos era fogosa, abrasadora. Su boca le había dejado una huella difícil de borrar. Su apasionado encuentro se había visto interrumpido antes de que las cosas llegaran más lejos, pero él sabía que podía haberla tomado allí mismo. De hecho, estaba convencido de que podía hacerlo en cualquier momento si se lo proponía. El ansia en su ahumada mirada no dejaba lugar a dudas.

Mario entró en la habitación.

–¿Tienes todo lo que necesitas?

–Sí, todo está bien.

–Tengo que ir a recoger unos contratos, pero estaré de vuelta en menos de una hora. Siéntete como en tu casa. Si necesitas algo para ti o para Molly llama al servicio de habitaciones y di que lo carguen en mi cuenta.

Sabrina contuvo el aliento hasta que se aseguró de que él había cerrado la puerta tras de sí. Una vez hubo desaparecido, el ambiente se tornó menos tenso y ella respiró aliviada.

Molly estaba inquieta y Sabrina decidió darle un baño para que se relajara. La llevó al cuarto de baño, donde llenó de agua templada uno de los lavabos de mármol. Tras echarle un chorro de jabón líquido, desnudó a la niña y la introdujo en el agua. Molly se echó a reír alegremente. En momentos como aquél Sabrina se preguntaba si alguna vez llegaría a tener un hijo propio. Atarse a Mario durante los tres o cuatro años siguientes no iba a aumentar precisamente sus posibilidades de encontrar pareja.

Sin duda él seguiría teniendo aventuras con otras mujeres mientras ella se encargaba del bebé. Había organizado las cosas de manera que todo estuviera bajo su control. Así era él, un hombre alfa. Pero a Sabrina no dejaba de sorprenderle lo mucho que quería a Molly. No se ajustaba a la idea que tenía de él, a la fama de playboy que explotaban los medios de comunicación.

Una vez seca y vestida, Sabrina besó a la niña y la metió en su cochecito, donde quedó dormida pacíficamente. Sabrina se sentó en uno de los mullidos sofás de cuero y empezó a hojear la guía de servicios del hotel, tratando de no pensar en la noche que le esperaba.

La puerta se abrió y Mario entró con un maletín en la mano. Lo colocó sobre la mesita baja que había frente a ella y sacó de él un manojo de papeles.

–Será mejor que te leas esto antes de que llegue el abogado –ordenó–. Está abajo, subirá en unos minutos.

Sabrina tomó el grueso fajo de papeles y comenzó a leer. El texto era prolijo, como suelen serlo los documentos legales. Se trataba de un acuerdo prematrimonial mediante el cual Sabrina renunciaba a todo derecho sobre los bienes que Mario hubiera acumulado antes del matrimonio. Los acuerdos prematrimoniales iban contra sus principios; siempre había pensado que si una pareja estaba firmemente comprometida no había necesidad de un plan alternativo. Claro que ese matrimonio no era precisamente una unión romántica sino más bien un acuerdo comercial, razón por la cual no tenía mucho sentido protestar. Ella no quería el dinero de Mario; lo único que deseaba era que Molly tuviera un hogar en el que se sintiera segura y amada.

El abogado llegó y, tras una breve presentación, le indicó a Sabrina dónde tenía que firmar.

—Muy bien –dijo el abogado una vez Sabrina estampó su última firma–. Daré instrucciones al contable para que haga la transferencia a su cuenta bancaria, tal y como me ha indicado Mario.

A Sabrina se le enrojecieron las mejillas. Se preguntó hasta qué punto el abogado estaba al tanto de las circunstancias.

Una vez se hubo marchado, Mario empezó a deshacerse el nudo de la corbata.

—Voy a hacer unos cuantos largos en la piscina. Puedes venir conmigo si quieres.

Sabrina lo miró, irritada.

—Somos responsables de un bebé, ¿recuerdas? Tú puedes seguir disfrutando de tu libertad, pero yo pienso tomarme mis responsabilidades respecto a Molly muy seriamente.

Sus miradas se encontraron.

—¿Estás insinuando que yo no me tomo seriamente mis responsabilidades?

Ella cruzó los brazos.

—Seamos sinceros, Mario. En lo que respecta a Molly tú no tienes que mover un dedo. Para eso me has contratado, ¿no? Tú puedes seguir con tu vida mientras yo me quedo al cuidado de la niña.

—Corrígeme si me equivoco, pero yo pensaba que profesionalmente te dedicabas a cuidar de niños pequeños. ¿O es que te fastidia que haya tomado medidas para que no puedas tocar ni un céntimo una vez termine nuestro matrimonio?

Ella lo miró, furiosa.

—Para ti todo queda reducido a dinero, ¿no? ¿Crees que yo quiero algo de ti? Te odio. No puedo creer que

Laura estuviera de acuerdo en nombrarte tutor de Molly en su testamento, ni siquiera que Ric lo propusiera. Precisamente él tendría que haber sabido lo indigno que eres de tal cometido. En mi vida he conocido a alguien menos adecuado para hacer de padre.

Los oscuros ojos de Mario se endurecieron.

—Mira quién fue a hablar: Sabrina Halliday, la que se ofrece ante el mejor postor.

El cuerpo de Sabrina tembló de rabia.

—¡Eres un cerdo!

Él se acercó, tanto que Sabrina tuvo que apoyarse contra la pared.

—¿Y si me da por hacerte una buena oferta, eh? —preguntó arrastrando lentamente las palabras—. ¿Podría una ambiciosilla como tú resistirse?

—El dinero no podría tentarme a dormir contigo —dijo lanzándole una mirada asesina.

—Pero es que yo no quiero que duermas conmigo —replicó él provocativamente—. Todo lo contrario: quiero que te retuerzas y jadees debajo de mí. Y tú también lo deseas, ¿verdad, Sabrina? Eso es lo que has querido desde el momento en que nos conocimos.

Sabrina sintió una explosión sin precedentes. Sus palabras, fogosas, carnales, habían prendido fuego en su interior. Turbadoras imágenes de sus cuerpos apasionadamente entrelazados se sucedieron en su cerebro.

—Te equivocas —dijo ella con una voz más temblorosa de lo que hubiera deseado—. No tengo ningún interés en convertirme en una más en tu colección.

Mario tomó un mechón de sus cabellos y lo enrolló

alrededor de sus dedos. Su mirada ardiente estaba clavada en ella

–Esto no es más que el principio, mi pequeña vampiresa. Todavía no estamos casados. Quizá cuando tengas un anillo en el dedo y mi cuerpo en tu cama cambies de opinión.

–Yo que tú no me haría muchas ilusiones –le espetó ella con el corazón latiéndole a mil por hora.

Él la atrajo suavemente hacia sí, acercándola irremediablemente a la dura erección de su sexo. Sabrina sintió que le faltaba el aliento, que su cuerpo se encendía ante la embestida masculina.

El ambiente se tensó. El aire estaba cargado de peligro, de irresistible tentación. Sabrina sentía el martilleo de los latidos de su corazón bajo su oscura mirada.

–Podría tomarte aquí mismo, Sabrina, y lo sabes muy bien –le dijo en un tono bajo y profundo. Su cálido aliento, con un leve aroma a menta, le acarició los labios.

Sabrina estaba hipnotizada por su boca, curvada en una sonrisa que prometía una pasión enloquecedora. No tenía más que ponerse de puntillas y cerrar el hueco que había entre sus cuerpos, como había hecho aquella primera vez.

El sentido común la visitó justo a tiempo, haciéndola renunciar a la tentación. Lo deseaba con locura, pero eso no hubiera hecho más que reforzar la cínica opinión que tenía de ella: la de casquivana cazafortunas y calientacamas.

Haciendo gala de una fortaleza que no creía poseer, se apartó de él.

—Me temo que estás equivocado –dijo reprendiéndose mentalmente por no sonar todo lo firme que hubiera deseado. Todavía sentía el ardor de su piel a pesar de haber puesto distancia entre sus cuerpos.

—Si no es dinero lo que quieres, ¿qué es?

—Sé que estás acostumbrado a conseguir todo lo que quieres, pero yo no estoy a la venta.

—Toda mujer está a la venta –afirmó él con cinismo.

—Yo no –rebatió, altiva.

La sonrisa de Mario era sardónica.

—Ya veremos.

—Lo digo en serio, Mario.

Él se balanceó sobre sus talones sin quitarle la vista de encima.

—¿Piensas alguna vez en aquel beso? –preguntó.

Ella pretendió una indiferencia que no sentía.

—¿De qué beso me hablas?

—Sabes perfectamente a qué me refiero.

—Ah, eso –hizo un gesto despectivo con la mano–. Lo había olvidado. Estaba borracha, apenas recuerdo nada de lo que hice ese día.

Sus oscuros ojos refulgieron.

—Eres una mentirosa, recuerdas hasta el más mínimo detalle. Y no estabas borracha; quizá un poco achispada, pero nada más.

—Aquel día perdí el control, y me avergüenzo de ello. Te prometo que no volverá a ocurrir.

—De ahora en adelante más te vale controlar tu comportamiento porque mientras duermas en mi cama espero fidelidad.

Sabrina le lanzó una mirada ceñuda.

–¿Eres siempre así de confiado cuando te rechazan?
–Siempre.
–Pues esta vez te vas a llevar un chasco –dijo ella preguntándose al mismo tiempo si no estaría tentando a la suerte al fingir tanta seguridad. Un solo beso le había demostrado lo débil que era. Y odiarlo era claramente una barrera insuficiente, pues sabía que un beso suyo le haría perder el control en cuestión de segundos.
–Si quieres salir a estirar las piernas puedo quedarme con Molly un rato. Tan sólo dime lo que tengo que hacer si se despierta –se ofreció.
Sabrina se encontró con su oscura mirada. Deseó saber lo que se ocultaba tras aquella enigmática expresión. ¿Estaría calculando cuánto tiempo iba a resistir antes de rendirse ante sus encantos? ¿Sabría lo tentada que se sentía?
–Su rutina está alterada en estos momentos. Lo mismo duerme profundamente que se despierta con el ruido de una puerta al abrirse.
–Cuando vivamos en Italia contrataré a una niñera a tiempo parcial para que te sustituya siempre que necesites descansar. La vamos a necesitar de todas formas, ya que de vez en cuando tendremos que asistir a actos públicos como marido y mujer.
Marido y mujer. Con qué despreocupación pronunciaba esas palabras, pensó Sabrina con resentimiento. Para él no eran más que palabras vacías de significado. Para ella, sin embargo, eran sinónimo de cariño, seguridad, amistad, de la relación que había ansiado toda su vida. Su madre se había visto privada

de ello y ahora ella parecía abocada al mismo destino. La vida era cruel.

–Quiero que Molly aprenda mi idioma. Es importante que te oiga hablarlo a ti también.

–Pero yo no estoy cualificada para enseñárselo –frunció el ceño Sabrina–. Apenas conozco unas palabras de italiano. Sé decir «gracias» y «por favor», no mucho más. Me temo que los idiomas no son lo mío.

–Haré que te den clases. Para que los niños sean bilingües es esencial que se acostumbren a oír ambas lenguas desde que son pequeños.

Sabrina se encogió de hombros, Sabía que sería una pérdida de tiempo y de dinero.

–Como quieras, pero luego no digas que no te avisé.

–También me gustaría renovar tu vestuario –continuó él–. Te daré el dinero que haga falta.

–Mi vestuario no tiene nada de malo. Me gusta la ropa que llevo.

–En mi opinión estarías más guapa sin ella –bromeó él.

Sus mejillas se ruborizaron.

–Nunca me has visto y nunca me verás sin ella. Eso no forma parte del trato.

–Siempre podríamos incluirlo en el contrato –dijo mirándola con ardor–. ¿Qué te parecería, Sabrina? ¿Qué le dices a otros quinientos mil euros por calentar mi cama?

Sabrina sintió que le flaqueaban las rodillas.

–No... no –dijo, contrariada al ver que le salía un hilo de voz.

Él empezó a desabotonarse la camisa.

–Si cambias de opinión, dímelo.

Sabrina trató de no fijarse en su pecho desnudo. Un vello oscuro cubría sus esculpidos pectorales y un estómago liso y duro.

–¿Qué estás haciendo? –preguntó.

–Me estoy desnudando.

–¿Aquí?

–¿En qué otro sitio sugieres que lo haga? Ésta es mi habitación, ¿o no?

–Sí, pero...

Él se desabrochó el cinturón.

–Siempre queda el recurso de hacerlo en el pasillo, pero no creo que les haga mucha gracia al director del hotel ni al resto de los huéspedes.

–Estoy segura de que hay vestuarios cerca de la piscina.

–Sí, supongo que tienes razón.

Ella se dio la vuelta al oír el chirrido de su cremallera.

–¿Te importa? –balbuceó.

–Sabrina, dentro de unos días estaremos oficialmente casados.

¿Acaso tenía que recordárselo a cada rato?

–¿Y?

–Pues que tendrás que acostumbrarte a verme desnudo. No quiero que el servicio piense que no le atraigo a mi mujer.

Sabrina se sintió consternada.

–Dijiste que no iba a ser un matrimonio de verdad.

–En cualquier caso, tendremos que compartir dormitorio de vez en cuando.

Sabrina se giró para mirarlo. El corazón le martilleaba en el pecho.
-¿Cómo dices?
-En mi casa de Roma cuento con un servicio digno de confianza, pero cuando estemos en el extranjero tendremos que compartir habitación como haría cualquier pareja casada –dijo doblando los pantalones sobre el respaldo de la silla–. No quiero convertirme en el hazmerreír en los medios de comunicación por no tener una relación normal con mi esposa.

Sabrina lo miró, alarmada.
-¿Pero no podemos dormir en camas separadas en esos casos?
-No.
El tono intransigente de su negativa la irritó profundamente.
-¿Crees que voy a dormir contigo sólo porque tú lo digas?
-Espero que sepas lo que te interesa, Sabrina. Yo te pago para que seas mi mujer, y eso serás cuando yo lo diga.
-No pienso dormir en tu cama. Es mi última palabra.
-Entonces tendré que encontrar la manera de convencerte de que lo hagas. Ya se me ocurrirá algo.

A Sabrina le fastidiaba inmensamente que estuviera tan seguro de que ella cedería como habían hecho todas las mujeres de su pasado.
-¿Y qué vas a hacer? ¿Chantajearme?
-Si es necesario.
Sus ojos brillaban con una resolución de acero.
-No se me ocurre nada que puedas decir que no se

haya dicho ya –señaló–. Mi reputación no es precisamente intachable.

–No estaba pensando en usar a la prensa como arma. Como bien dices, no tendría sentido. Todo el mundo sabe el tipo de mujer que eres.

Sabrina apretó los dientes. Cómo deseaba demostrarle que se equivocaba. ¿Qué diría él si le contara la verdad, que ella no era una fresca sino una virgen inexperta?

Seguramente se reiría de ella. No era algo que se pudiera demostrar, sobre todo en una época en la que las chicas son sexualmente activas desde una edad muy temprana.

–¿No lo vas a negar?

–¿Para qué? Ya te has hecho una idea muy clara de cómo soy.

Él le sostuvo la mirada durante unos momentos que se hicieron eternos.

–Me sorprendes, Sabrina Halliday. Detrás de esa fachada de chica modosita se esconde una mujer bastante sensual. Me dan ganas de recordarte lo apasionada y tentadora que es esa boquita tuya.

Sabrina dio un paso atrás.

–Ni lo pienses.

Él le dirigió una sonrisa indolente.

–Sí lo pienso, Sabrina. Lo pienso todo el tiempo –dijo mientras se acercaba a ella.

–De… detente, Mario –le rogó con desesperación–. Deja de flirtear conmigo. Así es como empezamos la otra vez: me sedujiste en la boda. No lo hagas… Me fastidia.

–¿Quieres saber lo que he estado pensando?

–No –contestó ella pasándose la lengua por los labios–. No quiero saber lo que...

–He estado pensando en cómo sería sentir esos labios sobre mí, esa lengua chupándome hasta...

Sabrina se cubrió los labios con los dedos para impedir que él fuera aún más lejos.

–No, no lo digas –exclamó con voz ronca.

Siguió abrasándola con la mirada mientras empezaba a chuparle los dedos con un erotismo que le provocó escalofríos.

Ella retiró la mano como si se hubiera quemado. Su pecho subía y bajaba mientras trataba a duras penas de controlar su respiración.

–Podríamos pasarlo muy bien juntos, Sabrina –dijo él sosteniéndole la mirada–. Muy pero que muy bien.

Ella frunció los labios y trató de sonar firme.

–Antes me corto las venas.

Él soltó una carcajada.

–Será interesante ver si sigues pensando lo mismo una vez estemos casados –espetó él mientras se ponía el albornoz.

–¿Crees que ponerme un anillo en el dedo va a hacer que de repente te encuentre irresistible? –preguntó Sabrina en tono despreciativo.

–Los diamantes suelen tener ese efecto en todas las mujeres que conozco –se burló él–. ¿Sabías que hace poco invertí en una gran compañía de diamantes?

Ella sacudió la cabeza.

–No, pero no me importa lo más...

–Haré que diseñen un anillo con diamantes Marcolini y entonces veremos si soy o no irresistible, ¿te parece? –continuó él con arrogancia.

Sabrina estaba tan indignada que echaba humo.

–Tienes una visión espantosa de las mujeres.

–Soy realista –dijo anudándose el cinturón del albornoz–. Sé a qué jugáis. El dinero y el prestigio es lo más importante. No dejáis que los sentimientos se interpongan en vuestra carrera por conseguir estatus y poder, ya que eso lo estropearía todo. Por ejemplo, tú no amabas a Howard Roebourne. Para ti no era más que un medio para conseguir un fin. Una pena que la jugada te saliera mal.

Sabrina apretó los labios aún más.

–No tienes ni idea de qué estás hablando.

–Me ha contado cómo eres, Sabrina. Y no tengo razones para dudar de él.

Sabrina se ruborizó. Se había comportado como una ingenua con Howard Roebourne. No se había dado cuenta de sus sibilinos avances hasta que fue demasiado tarde.

–Te mintió.

Mario tomó la tarjeta de la habitación.

–Después de nadar haré que suban la cena a la habitación. Al menos que creas que Molly tiene edad suficiente para ir a un restaurante.

Cenar en la compañía de otras personas sería menos amenazador que hacerlo en la habitación, por cómoda y lujosa que ésta fuera. Pero Molly sólo tenía cuatro meses y el bullicio del restaurante le impediría dormir.

–Mmm… Creo que hoy ya ha tenido un día bastante ajetreado.

Él le sostuvo la mirada hasta que ella se sintió incómoda.

—Como quieras.

Sabrina esperó a que él hubiera salido de la habitación para dejar escapar un tembloroso suspiro.

—¿En qué estabas pensando, Laura? —murmuró—. ¿En qué estabais pensando Ric y tú, por el amor de Dios?

Capítulo 4

CUANDO Mario volvió de la piscina, Sabrina estaba sentada en uno de los sofás de cuero hojeando una revista. A pesar de sus intentos por ignorarlo sus ojos se vieron irremediablemente atraídos hacia su imponente cuerpo. El albornoz del hotel, medio abierto, dejaba ver un bañador negro que se ajustaba a sus masculinas formas y unas piernas largas, fuertes y bronceadas.

–Voy a darme una ducha. ¿Quieres venir a frotarme la espalda? –preguntó con una sonrisa centelleante.

Sabrina puso los ojos en blanco y volvió a su revista.

–No, gracias.

–¿Temes que te pueda gustar?

Ella cerró la revista y lo miró como si fuera un niño travieso que merece una reprimenda.

–¿Alguna vez piensas en algo que no sea satisfacer tus deseos físicos?

Él la miró desafiante.

–Pues mira, sí –respondió–. Pienso en el hecho de que te acostaste con Roebourne prácticamente ante las narices de su mujer.

Sabrina se puso en pie soltando enérgicamente la revista sobre la mesa de mármol.

–Yo no hice nada con él.

–Me cuesta creerte, Sabrina. Me pregunto cuánto te habrá pagado para que digas eso.

–¿Se te ha ocurrido pensar que a lo mejor estoy diciendo la verdad?

Sus ojos recorrieron el rostro de Sabrina durante unos segundos, como si estuviera formándose una opinión sobre ella. Sabrina lamentó su tendencia a ruborizarse cuando se hallaba bajo presión. Le hacía parecer culpable.

–En mi experiencia, no hay humo sin fuego –declaró–. Los rumores que persisten suelen esconder algo de verdad.

–Está claro que no importa lo que yo diga; ya te has formado una opinión sobre mí –dijo Sabrina–. Se diría que alguien que ha pasado la mayor parte de su vida adulta sometido a las especulaciones de la prensa debería saber lo injusto que es.

–Por supuesto, pero tú te has negado en varias ocasiones a dar explicaciones ante los medios de comunicación. ¿Por qué no contaste tu versión de los hechos si no tenías nada que ocultar?

Sabrina recordó los rostros de Teddy y Amelia Roebourne. Su inocencia infantil debía de quedar protegida, aunque ello significara ponerse a sí misma en una situación comprometedora.

–No tengo por qué darle explicaciones a nadie. Lo que haga o deje de hacer en mi vida privada es sólo asunto mío.

–Lo que hagas una vez seamos marido y mujer sí será asunto mío –dijo con voz dura como el acero–. Creo que no tengo que recordarte que soy un hombre de negocios muy conocido con clientes importantes en todo el mundo. No quiero escándalos personales que puedan trastornar mi vida o la de Molly.

–Supongo que eso quiere decir que mientras tú sigues adelante con tu vida, yo no podré hacer nada. Eso se llama doble rasero, Mario, algo que no es del agrado de las mujeres de este país.

–En ese caso, qué mejor que vivir en mi país y no en el tuyo. Por supuesto, siempre puedes renunciar al acuerdo. Ya encontraré a alguien dispuesto a sustituirte en el cargo.

Sabrina trató de controlar su genio. Él tenía todas las de ganar y no dejaba de recordárselo. No la necesitaba tanto como ella a él. Sus posibilidades de encontrar marido en tan poco tiempo eran más bien escasas. Tendría que aceptar el acuerdo, costara lo que costara. Claro que también tendría sus compensaciones. Pasaría mucho tiempo con Molly, lo cual le permitiría convertirse en la mejor madre posible. Además, vivir en un país extranjero supondría una aventura. A menudo había soñado con la idea de trabajar en otro país, y ésta era la oportunidad ideal para hacerlo.

–No pienso abandonar a Molly –dijo con determinación.

–Y tampoco darle la espalda a un montón de dinero. Eso iría contra las normas del manual de la cazafortunas, ¿no crees?

Sabrina lo miró con ira.

–Ya entiendo por qué tus relaciones sentimentales no duran más que unas semanas. Ninguna mujer en su sano juicio aguantaría tanta arrogancia y grosería por más tiempo.

–Al contrario, procuro ser siempre yo el que pone punto y final a las relaciones.
–¿Has estado enamorado alguna vez?
–No.
–O sea, que tus relaciones están basadas únicamente en el sexo.
–Más o menos –respondió él con indolencia.
Sabrina sintió que le recorría un escalofrío. Había algo en su mirada que la turbaba profundamente. Era como si él supiera lo que estaba pensando, las imágenes eróticas que cruzaban su mente. Deseó probar su boca, saborear su masculinidad, sentir su áspera mandíbula contra su piel, enredar los dedos en su sedoso pelo negro. Elevó ligeramente la cabeza con los ojos entrecerrados en silencioso ruego. Emitió un quedo gemido mientras el rostro de Mario se inclinaba hacia el suyo.

Un lloriqueo procedente de la habitación de Molly fue suficiente para romper el hechizo. Sabrina retrocedió.

–Creo que... tengo que cambiarle el pañal –murmuró mientras se escabullía.

Mientras atendía al bebé, Sabrina se reconvino por dejarse caer en las redes de Mario. Había estado a punto de perder la cabeza. Era patético. Siempre había sido una chica sensata, pero por alguna razón Mario Marcolini le hacía perder el control. Con él se sentía plenamente consciente de su cuerpo, algo que no había sentido con ningún otro hombre.

Oyó el ruido de la ducha mientras volvía al salón con Molly en brazos. Trató de no pensar en las gotas de agua salpicando el cuerpo desnudo de Mario, pero su mente le jugó una mala pasada. Cuando oyó cerrarse el grifo empezó a imaginárselo secándose con una de las mullidas toallas.

–¡Por el amor de Dios! –se reprendió a sí misma tras unos minutos de tortura mental–. Esto tiene que acabar.

–¿Todo bien? –preguntó Mario saliendo del cuarto de baño con una toalla alrededor de las caderas.

Sabrina tragó saliva con dificultad.

–Esto… sí, to…todo bien –tartamudeó.

Él se acercó y le hizo cosquillas a Molly debajo de la barbilla.

–¿Cómo está mi pequeña? –preguntó.

Sabrina aspiró el aroma limpio y punzante de su loción de afeitado. Estaban tan cerca el uno del otro que sentía su calor corporal. Él sonreía al bebé mientras acariciaba los hoyuelos de su diminuta mejilla.

–Es tan pequeña, tan indefensa… –dijo mirando a Sabrina.

–Sí que lo es.

El bebé le agarró un dedo con sus pequeñas manos y emitió unos gorjeos alborozados al tiempo que sacudía las piernas de un lado a otro.

–¿Tiene hambre? –preguntó él–. Parece que se quiere comer mi dedo.

–Puede que le estén saliendo los dientes –explicó Sabrina–. A algunos bebés les pasa antes que a otros.

–¿Es doloroso? –quiso saber él.

Su expresión era seria; tenía el ceño ligeramente fruncido.

–A veces. Cuando sale el diente, las encías se enrojecen y duelen.

–¿Me devuelves el dedo, pequeña? –dijo dirigiéndose a la niña.

Molly dio varias patadas más sin soltar sus manitas regordetas del dedo de Mario. En el rostro de éste se dibujó una sonrisa que la conmovió. De pronto entendió por qué Ric había insistido en nombrar a Mario tutor de la pequeña. Puede que fuera un playboy, pero no cabía duda de que sentía un afecto genuino por la niña. Sabrina había visto a padres biológicos más despegados de sus propios hijos.

Mario liberó su dedo con suavidad y acarició el pelo ralo de Molly.

–¿Has pensado en cómo debería llamarnos? –preguntó.

–No estoy segura. No me parece correcto que nos llame «mamá» y «papá» dadas las circunstancias.

–Sí –concedió él frunciendo levemente el ceño–. Yo había pensado lo mismo; supongo que porque todo ha pasado tan de repente. No estamos acostumbrados a vernos en el papel de padres. Creo que con el tiempo me acostumbraré a que me llame «papá». No quiero que me llame «tío» o por mi nombre de pila. Prefiero que me considere su padre, aunque no lo sea.

Sabrina reparó en que no había ofrecido sugerencia alguna sobre cómo debía dirigirse a ella. Seguramente porque no pensaba que fuera a formar parte de sus vidas por mucho tiempo. Miró al bebé y su corazón le dio un vuelco al pensar en separarse de ella. No lo permitiría; lucharía con uñas y dientes para que no ocurriera.

–¿Has decidido ya lo que vas a cenar?

–No he tenido tiempo de mirar el menú del servicio de habitaciones –respondió ella colocando a Molly contra su hombro y dándole unas suaves palmaditas en la espalda.

–El cocinero hará lo que le pidamos, aunque no esté en la carta. Sírvete algo de beber mientras me visto.

Sabrina miró de reojo el bar, pero decidió no recurrir al alcohol para darse ánimos. La idea de compartir habitación con Mario ya estaba afectando a su equilibrio interno. Lo último que necesitaba era perder la inhibición a causa del alcohol, sobre todo a la vista de lo que había ocurrido la última vez que se había dejado llevar.

Mario apareció unos minutos después, con unos pantalones blancos y una camisa de sport azul claro. Tenía el pelo mojado y peinado hacia atrás, lo que le daba un aspecto deportivo inquietantemente atractivo.

–¿Está dormida? –preguntó mirando al bebé, que estaba acurrucada contra el cuello de Sabrina.

–Sí, estaba esperando a que salieras para volverla a acostar –explicó Sabrina entrando en la habitación de la que acababa de salir él.

Una vez solo, Mario se sirvió una copa y se dirigió hacia los ventanales para admirar la vista. Las luces del puerto y la ciudad centelleaban en la noche primaveral.

Sintió una punzada en el estómago al pensar que jamás volvería a ver a Ric Costelli. Pensó en las veces que habían bebido juntos y charlado de la vida. La noticia de su muerte le había dolido en lo más íntimo. Pensó que se trataba de un error, que alguien le estaba gastando una broma cruel. ¿Cómo era posible que alguien tan vital y alegre como Ric yaciera en una tumba fría y oscura?

Su mente se inundó de recuerdos: las travesuras que hacían en la escuela, el día que Ric se marchó a Australia con su familia, los viajes que habían hecho cuando Marco estaba de visita y sobre todo aquellas vacaciones en la nieve cuando le ganaron la batalla a la muerte.

Recordó el día en que Ric le telefoneó para contarle que se había enamorado de una chica australiana llamada Laura y la noche, hacía cuatro meses, en que lo llamó para decirle que era el padre de una criatura. Y ahora Molly se había quedado huérfana; nunca conocería a sus padres, jamás oiría sus voces ni conocería el amor que ambos habían sentido por ella.

Mario estaba decidido a darle una buena infancia a Molly, aunque ello supusiera sacrificar su libertad durante unos años. Aunque, cuanto más lo pensaba, menos terrible le parecía la idea de estar unido temporalmente a Sabrina Halliday. Era ciertamente atractiva: esa mirada gris y desafiante, esa barbilla terca, ese cuerpo delgado pero femenino le excitaban más de lo que habría creído posible. No era el tipo de fémina que solía frecuentar, pero no recordaba haber deseado tanto a una mujer. Quizá esto se debiera en parte a que ella mantenía las distancias. No lo haría por mucho tiempo. Sabrina lo deseaba tanto como él a ella; lo sentía cada vez que sus miradas se cruzaban. Era como si el aire vibrara, como si entre ellos pasara una corriente de energía de alta frecuencia. Lo veía en la forma en que sus pupilas se iluminaban, en la manera que tenía de humedecerse los labios con la lengua. Sintió una erección sólo de pensar en ello.

En la cama debía de ser pura dinamita, a juzgar por el beso que se habían dado en el bautizo. Aquel día su boca se había abierto como una flor, había jugado con su lengua hasta que él estuvo a punto de perder el control. Había estado tentado de poseerla allí mismo, contra la pared, pero el ruido de alguien acercándose le habían impedido llevar las cosas tan lejos. El cuerpo le había dolido durante horas después y se juró a sí mismo que algún día sería suya.

Le haría olvidar a Howard Roebourne y al resto de sus amantes. Le haría gritar su nombre durante el orgasmo; sería suya la cama que ella ocupara, suya y de nadie más.

Mario se giró para mirarla cuando regresó al salón. Sus miradas se encontraron y él volvió a sentir una inyección de sangre en la entrepierna.

Sí, la haría suya, pensó con determinación. Y tenía la sensación de que no iba a tardar mucho en conseguirlo.

–¿Te apetece algo de beber, Sabrina? –preguntó.

Ella sacudió la cabeza.

–No, gracias.

–Puedo pedir champán, si quieres.

Sus mejillas se ruborizaron levemente mientras apartaba la mirada.

–No, te lo agradezco.

–¿Has decidido lo que vas a pedir?

–Tomaré la sopa con un poco de pan.

Él enarcó una ceja.

–Digo yo que necesitarás algo más para quedarte satisfecha. Me da la sensación de que eres una de esas mujeres de, cómo decirlo, gran apetito.

Sabrina sintió que se le encendía la cara al oír la indirecta.

–No, al contrario, no soy de las que sucumben fácilmente a los deseos –replicó obligándose a sí misma a sostenerle la mirada.

–Sólo cuando crees que puedes salirte con la tuya...

–¿Estamos hablando de comida o de otra cosa? –quiso saber ella.

–Según Roebourne, eres insaciable. Dijo que le costaba seguirte el ritmo.

Sabrina apretó los dientes. Decidió seguirle el juego en lugar de defenderse.

–Me sorprende que admita sus limitaciones físicas. Pensaba que a todos los hombres les gustaba aparecer como sementales.

–Me pregunto qué viste en él, aparte de su dinero. Le sobran unos treinta o cuarenta kilos y es más feo que pegarle a un padre.

–Las mujeres, al contrario que los hombres, valoramos en un amante cualidades que van más allá del físico. Tenemos otros criterios a la hora de elegir pareja.

–Siendo el dinero el primero de dichos criterios.

–Estoy convencida de que el dinero no lo es todo en esta vida, pero demuestra que un hombre ha prosperado. Ninguna mujer querría atarse a un hombre que no puede mejorar su vida de alguna manera, no tendría sentido.

–¿Y qué hay del amor? –preguntó él.

Ella enarcó una ceja.

–¿Del amor, Mario? –su tono era burlón–. Pensé que no creías en él, que para los hombres como tú todo queda reducido a lo puramente físico.

–Que no haya amado a mis parejas sexuales no quiere decir que sea incapaz de experimentar ese sentimiento. Lo que ocurre es que todavía no he conocido a nadie que tenga ese efecto sobre mí.

–¿Y qué ocurriría si la conocieras mientras estamos casados? –preguntó Sabrina sintiendo una punzada de dolor en el pecho.

–Sería una situación difícil, la verdad –concedió él–. He adquirido un compromiso con Molly, pero no creo que ni Ric ni Laura hubieran querido que sacrificara mi felicidad indefinidamente.

–¿Y si yo conociera a alguien? –preguntó, decidida a hacer de abogado del diablo.

Sus ojos se volvieron duros como el mármol.

–Esperaría que pensaras en Molly y actuaras en consecuencia. Ambos tenemos que hacer sacrificios hasta que tenga edad suficiente para comprender las circunstancias de su vida.

–Para ti es más fácil siendo hombre. Puedes esperar años a tener hijos propios. Yo tengo veinticinco años. No quiero tener hijos a los treinta y muchos. Me gustaría establecerme de aquí a dos años y tener hijos mientras sea joven y saludable.

–Lo entiendo, y por eso este matrimonio es un arreglo temporal. Para cuando Molly tenga edad de ir al colegio tú seguirás siendo lo suficientemente joven como para seguir adelante con tu vida.

Sabrina frunció el ceño.

–Ya te he dicho que no estoy dispuesta a salir de la vida de Molly así como así. ¿Y si resulta que la mujer de la que te enamoras no quiere criar a una hija que no es suya? Tengo varios amigos cuyos padrastros o madrastras les amargaron la vida, sobre todo en los casos en los que tenían sus propios biológicos. Siempre sintieron que sobraban.

–Haré lo que esté en mi mano para hacer que Molly nunca se siente así. En cualquier caso, no voy a enamorarme de una mujer que no quiera a Molly. Por lo que a mí respecta, esta niña forma ahora parte de mi vida y así será hasta el día en que yo muera.

–Algo digno de elogio, Mario, pero la vida no siempre funciona como esperamos. El amor no es algo que puedas encender y apagar como una lámpara. A veces se da entre dos personas que son totalmente incompatibles.

–No pienso complicarme la vida de esa manera. De momento mi vida continuará como hasta ahora. Trabajo mucho y me divierto aún más.

–¿Y te divertirás con discreción o me vas a engañar públicamente cada dos por tres? –quiso saber Sabrina.

–Eso depende enteramente de ti –respondió con una sonrisa misteriosa.

–¿Qué quieres decir?

Él la desnudó lentamente con la mirada.

–No tendría razón alguna para engañarte si estuvieras dispuesta a agasajarme en casa.

Un escalofrío recorrió su espalda al oír la indecente proposición.

—¿Crees que me dejaría utilizar por ti? —quiso saber.

—Por dinero creo que harías cualquier cosa —respondió él cínicamente.

—Creo que deberías ampliar tu círculo social. Es obvio que te mezclas con un tipo de gente que no representa en absoluto a la gente normal y decente.

—Vamos, Sabrina —la increpó—. Después de lo que has hecho no eres la persona más adecuada para hablar de normalidad y decencia. Te han acusado de destrozar un hogar por retozar con un hombre lo suficientemente viejo como para ser tu padre.

Sabrina contó mentalmente hasta diez. «Piensa en los niños», se dijo. Los pobres no tenían la culpa de tener un padre inmoral y una madre fría y rencorosa.

—A pesar de lo que piensas, soy bastante exigente cuando se trata de elegir a un compañero de cama. Y tú, me temo, no estás a la altura.

Antes de que Sabrina pudiera reaccionar, él la estrechó hacia sí con tanta fuerza que le quitó el aliento. Ella sintió la dureza de su cuerpo y de su mirada.

—Lo estás haciendo a propósito, ¿no es así? —le preguntó con fiereza—. Seduciéndome, provocándome con este jueguecito. Hay una palabra bastante cruda para definir a las mujeres como tú. ¿Quieres que te la recuerde?

—Me estás... haciendo daño —balbuceó, aunque mentía. Su cuerpo no sentía dolor, sino deseo. La sangre tronaba por sus venas, tenía los pechos hinchados y las piernas temblonas. Sintió el abultamiento de su erección. La deseaba tanto como ella a él.

–Te ofrecerías a mí aquí mismo por el precio adecuado. Pero no pienso pagarte ni un céntimo más de lo que hemos acordado.

–No quiero tu asqueroso dinero –lo miró con odio.

–Pero me quieres a mí. Lo veo en tus ojos, lo siento en tu cuerpo. Y cuando lo hagamos, no lo olvidarás, de eso puedes estar segura. Tu cuerpo vibrará durante días, te lo garantizo.

Sabrina sintió que le daba vueltas la cabeza. ¿Qué le ocurría? ¿Se estaría convirtiendo en la libertina por la que él la tomaba?

–¡Admítelo, maldita sea! Quieres que me postre a tus pies, como hicieron todos los otros. Así es como lo consigues, ¿verdad? Subyugando a los hombres que se cruzan en tu camino para sacarles todo lo que puedes.

–Te equivocas, Mario –replicó, temblorosa–. No es eso lo que quiero.

–Vas de inocente. Hasta conseguiste engañar a Ric, que era tan bueno desenmascarando a la gente falsa.

–Yo no soy falsa. Soy como tú; una persona que intenta hacer lo mejor para Molly en unas circunstancias excepcionalmente difíciles.

Él la rodeó con sus brazos rudamente.

–No tengo ni idea de por qué Ric y Laura te nombraron tutora. Pero te lo juro por Dios, si das un paso en falso jamás volverás a ver a la niña. ¿Has entendido?

A Sabrina le flaquearon las rodillas.

—No me la puedes quitar —soltó en una voz mucho menos firme y convencida de lo que hubiera deseado.
Él la penetró con la mirada.
—Eso ya lo veremos.

Capítulo 5

SABRINA desapareció del mapa hasta que llegó la cena encargada al servicio de habitaciones. La tensión le había creado un nudo en el estómago y temió no disfrutar de la comida.

Todo aquello era tan injusto... Ella no tenía nada de lo que avergonzarse. Imogen Roebourne la había acusado sin molestarse en escuchar sus explicaciones. Estaba decidida a pagar con la niñera la ira que sentía por su marido infiel.

Sabrina se estremeció al recordar la manera en que había sido retratada en los medios de comunicación. Casi agradeció no tener parientes vivos que fueran testigos de la vergüenza a la que había sido sometida. Sus padres de acogida vivían en otro estado y casi nunca se ponían en contacto con ella, pero si les llegaran los rumores pensarían automáticamente que Sabrina era la culpable.

La madre de Sabrina se había quedado embarazada muy joven en la época en que ser madre soltera era todavía un estigma. Sabrina nunca llegó averiguar quién era su padre, a pesar de su deseo por saberlo que se intensificó al morir su madre. La sensación de no sentirse unida a nadie por lazos sanguíneos agudizó su deseo de tener su propia familia.

Desde muy pequeña había soñado con forjar una relación con un hombre sólido y fiel, darle hijos y criarlos en un hogar seguro, afectuoso y feliz. Ahora tendría que aparcar sus sueños y esperanzas, pues no podía abandonar a Molly. Y Mario, a pesar de ser muy atractivo, no era el tipo de hombre dispuesto a sentar la cabeza y a darle hermanitos a la niña. Parecía querer lo mejor para Molly, pero sin que esto interfiriera con su despreocupada vida de mujeriego.

Por eso necesitaba a Sabrina; ella sería la mujer oficial, la madre sustituta hasta que encontrara a alguien más apropiado que ella para ocupar su cama. Físicamente, Sabrina no tenía nada de qué avergonzarse. Había tenido la suerte de heredar el tipo menudo de su madre y los pómulos prominentes que tienen las modelos. Sus ojos grises estaban enmarcados por unas pestañas espesas y oscuras que no necesitaban rímel para destacar, y su piel era fina, libre de impurezas e imperfecciones aparte de una ligera capa de pecas que recubría su nariz.

Pero los hombres como Mario Marcolini buscaban en sus parejas la perfección y ella estaba muy lejos de ser perfecta. Su vestuario, al que Mario ya había aludido, no contenía nada glamuroso. No usaba maquillajes caros ni zapatos de diseño hechos a mano. Compraba en grandes almacenes porque no le quedaba más remedio, aunque sabía sacarle partido a su aspecto cuando la situación así lo requería. Aun así, no le extrañaba que Mario la considerara vulgar. Los hombres de clase alta podían ser unos esnobs terribles a la hora de mezclarse con los que no eran de su condición.

El empleado del servicio de habitaciones llegó con un carrito cuyo aroma estimuló el apetito de Sabrina.

Mario le dio una propina y una vez se hubo marchado el joven cerró la puerta. El ambiente era íntimo y acogedor. Una suite de lujo, una comida deliciosa, una botella de vino y nadie que pudiera interrumpirlos. Sabrina miró a Mario preguntándose qué estaría pensando.

—Siéntate —dijo Mario retirando los cubreplatos plateados que mantenían la comida caliente.

Sabrina tomó asiento en el borde de la silla. La boca se le hacía agua. El delicioso aroma de la crema de champiñones y del bollito de pan crujiente hizo que le sonaran las tripas.

Mario había pedido algo más contundente: un solomillo de buey, verduras al vapor y guarnición de patatas crujientes y cremosas.

Él sirvió una copa de vino blanco muy frío para ella y otra de vino tinto para él.

—¿Suele Molly dormir de un tirón toda la noche? —preguntó mientras se llevaba a los labios la copa de vino tinto.

Sabrina alzó su propia copa, preguntándose si sería buena idea dejarse tentar cuando estaba a un paso de perder el control.

—Las últimas noches no se ha despertado. Generalmente, a los tres o cuatro meses, la mayoría de los bebés empiezan a dormir de un tirón.

Mario se colocó la servilleta en el regazo.

—¿Por qué te hiciste niñera? —quiso saber—. ¿Es algo que siempre habías querido hacer?

Sabrina depositó el vino sobre la mesa sin probarlo y tomó un vaso de agua.

–Siempre me han gustado los niños. Fui hija única, seguramente eso tiene algo que ver. Durante una época trabajé en una guardería, pero esto no me permitía establecer lazos con los niños, pues éstos iban y venían. Para mí resultó mucho más satisfactorio hacerme niñera y pasar largas temporadas con los niños en su propia casa. Eso me permitía conocerlos bien, familiarizarme con sus rutinas y formar parte de su hogar, que es algo muy beneficioso para ellos. Por supuesto, nadie puede sustituir a los padres, pero contar con otra persona que está tan metida en sus vidas les resulta muy reconfortante, sobre todo cuando ambos padres trabajan y disponen de poco tiempo para ocuparse de sus hijos.

–¿Cómo empezaste a trabajar para los Roebourne? –preguntó dirigiéndole una mirada impenetrable.

Sabrina sintió que el color asomaba a sus mejillas. Con la perspectiva que da la experiencia se daba cuenta de lo tonta que había sido al aceptar ese puesto de trabajo. Nada de lo que dijera iba a cambiar la impresión de que había sido ella la que se había introducido de forma artera en casa de los Roebourne con el fin de liarse con el marido.

Cambió de vaso y bebió un largo sorbo de vino, esperando que esto la ayudara a calmar los nervios, pero lo único que consiguió es dejar patente que le temblaba la mano, algo que sin duda Mario se tomaría como un signo de culpabilidad.

Respiró temblorosamente y, encontrando su mirada, respondió.

–Conocí a Howard Roebourne en un acto benéfico. Me comentó que su mujer deseaba volver a trabajar después de haberse ocupado de sus dos hijos, de cuatro y seis años. También me contó que les estaba costando encontrar a una buena niñera.

–¿No tenías trabajo en aquel momento? –preguntó taladrándola con la mirada.

Sabrina trató de mantenerse serena.

–La familia para la que había estado trabajando se marchaba al extranjero. No me hubiera importado irme con ellos, pero los niños ya estaban en edad de ir al colegio y la madre decidió que iba a dejar de trabajar. Así que en ese momento no tenía nada que hacer.

–¿Cómo te llevabas con la mujer de Roebourne?

A Sabrina nunca se le había dado bien mentir y tuvo que hacer acopio de sus escasas dotes como actriz para contestar a esa pregunta.

–Su actitud conmigo fue muy profesional.

–Pero no os hicisteis amigas...

No era ni una afirmación ni una pregunta, sino una mezcla de las dos.

–Yo era su empleada –explicó Sabrina, cada vez más irritada por su actitud–. ¿Acaso eres tú amigo de todas las personas que trabajan para ti?

–De algunos sí –contestó–. Pero está claro que desde el principio no fuiste santo de su devoción.

–La señora Roebourne no mostraba mucho interés en sus hijos y a veces era bastante dura. En mi opinión, no debería de haber tenido hijos –soltó con imprudencia.

Mario enarcó las cejas.

—¿Así que hubo roces entre vosotras por la forma de criar a los niños? ¿No sería más bien que tú le habías echado el ojo al marido y querías quitarla de la circulación?

Sabrina deseó haber mantenido la boca cerrada. Dijera lo que dijera, llevaba todas las de perder.

—No quiero hablar de ello —dijo llevándose la copa de nuevo a los labios.

—¿Cuánto tiempo duró vuestra aventura?

Ella lo miró con resentimiento y decidió seguirle el juego.

—¿A ti qué te importa? Tú no eres quién para juzgarme teniendo en cuenta la de líos que has tenido a lo largo de los años.

—No niego ser un libertino, pero hasta el momento nunca le he robado la mujer a otro hombre.

—El matrimonio no es más que un trozo de papel —le espetó Sabrina—. No significa nada si la pareja no está comprometida emocionalmente.

—Supongo que Howard Roebourne te dijo que su mujer era muy fría y que no lo entendía —dijo—. Estas cosas suelen ser así, ¿verdad?

Sabrina agarró el vaso con tanta fuerza que se le pusieron blancos los dedos.

—Era fría y hostil con su marido y a veces también con los niños. Si te soy sincera, no entiendo por qué seguían juntos.

Mario frunció el labio superior con expresión de asco.

—Así que decidiste aliviar sus problemas maritales ofreciéndole tu joven y núbil cuerpo en cuanto se te presentó una oportunidad.

–Mira, Mario, el matrimonio de los Roebourne estaba roto mucho antes de que yo apareciera en escena. Howard tenía una amante, y sospecho que no era la primera, mucho antes de que me contratara.

Mario la observó largamente. Parecía desesperada por convencerle, pero no se iba a dejar engañar tan fácilmente. Hacía años que conocía a Howard. Éste se lo había contado todo: cómo Sabrina había orquestado su plan de seducción desde su primer encuentro. Ella quería un amante ricachón y ¿quién mejor que un hombre acaudalado que está luchando por mantener la unidad de la familia por el bien de los niños? Había que ser un santo para resistirse a una mujer como Sabrina Halliday. Era una mujer sensual y embriagadora. Esa misteriosa combinación de inocente ingenuidad y hosca rebeldía lo excitaba profundamente. Podía hablarle con tanto desprecio como ella quisiera, pero eso no disimulaba la mirada hambrienta de sus ojos. Estaba claro que Roebourne no la había dejado satisfecha, lo cual le dejaba el campo abierto. Tenerla jadeando entre sus brazos iba a ser muy pero que muy satisfactorio.

Rellenó la copa de Sabrina antes de hacer lo mismo con la suya.

–¿Esperas que te crea antes que a él?

–¿Qué razón podría tener yo para mentirte? –preguntó frunciendo el ceño.

Él se arrellanó en la silla y la observó unos instantes.

–No tengo razón alguna para dudar de la palabra de Roebourne cuando yo mismo he sido víctima de tus artimañas de seducción.

–¡Oh, por el amor de Dios! Si alguien tiene la culpa de ese beso, eres tú. Te aprovechaste de mí.

Sus ojos la fulminaron.

–Ten cuidado, Sabrina –le advirtió–. Me estás acusando de algo muy grave. ¿Estás segura de que recuerdas bien lo que ocurrió aquel día?

Sabrina no sabía a quién odiaba más; si a él por recordarle ese momento de debilidad o a ella misma por reaccionar tan apasionadamente a sus avances.

–Perdí el control de mí misma. No suelo beber alcohol y menos con el estómago vacío. Lamento haberte dado una impresión equivocada. Te aseguro que no volverá a ocurrir.

Él sonrió, indolente.

–Cuento con que vuelva a pasar… mañana, una vez estemos casados. El novio podrá besar a la novia, ¿no?

Los ojos de Sabrina se abrieron como platos.

–¿Mañana? –preguntó a punto de atragantarse.

–He solicitado un permiso especial. El juez nos ha concedido una dispensa especial que nos permitirá viajar a Italia como tutores legales de Molly. He iniciado los trámites de adopción, pero llevarán un tiempo.

Sabrina sintió que perdía las riendas de su vida.

Había encontrado consuelo en el hecho de que al menos disponía de algunos días para acostumbrarse a la idea de casarse con Mario e irse a vivir al extranjero. Y ahora resultaba que tenía que hacer el equipaje deprisa y corriendo antes de convertirse en su esposa. Era demasiado pronto; necesitaba más tiempo.

–Por supuesto será una boda civil –continuó Mario.

–Es una pena; me hubiera hecho ilusión casarme de blanco –intervino ella toscamente.

–¿De blanco? Hubiera sido una hipocresía dado tu historial sexual.

Ella elevó la barbilla.

–La mayoría de las mujeres, independientemente de su pasado sentimental, sueñan con una boda en condiciones. Es el único día de su vida en que pueden sentirse princesas.

Él la observó en silencio durante unos instantes mientras ella deseaba no haber abierto la boca. Al igual que su madre, lo único que deseaba era casarse: ponerse un bonito vestido con velo y llevar algo usado, algo nuevo, algo prestado y algo azul. Y, al igual que su madre, el destino se lo iba a negar. Se reprendió a sí misma por ser tan sentimental.

–No entiendo por qué quieres celebrar por todo lo alto un matrimonio tan poco convencional.

–Ésa no es la cuestión. La gente de tu entorno se preguntará por qué te casas en la intimidad en lugar de celebrar una boda en condiciones.

Mario tamborileó los dedos en la mesa.

–¿A qué viene todo esto, Sabrina?

–Nada, olvida lo que he dicho. Tienes razón, una boda civil es lo más apropiado dadas las circunstancias.

Mario se preguntó a qué estaría jugando. Quizá esperaba que si se casaban por la Iglesia él se lo pensaría dos veces antes de ponerle fin al matrimonio. Al fin y al cabo, era italiano, y la Iglesia estaba profundamente arraigada en su cultura, como seguramente ella sabía muy bien. La chica era más artera de lo que él había imaginado. Quizá pretendía compensar el descrédito resultante de su aventura con Howard Roebourne anunciándole al mundo entero que había pescado a un millonario. Pero Mario no pensaba seguirle el juego. Se casaría con ella, sí, pero bajo sus propias condiciones.

–He contratado un avión privado para que nos lleve a Roma –cambió de tema–. Pensé que sería más cómodo para Molly. Los viajes largos no son una experiencia agradable en los aviones comerciales, aunque se viaje en clase preferente. Menos aún si se trata de un niño, me imagino.

–No se puede negar que estás en todo –replicó ella con expresión huraña.

–Intento cubrir todas las necesidades –repuso él–. Sin embargo, todavía no he comprado tu anillo de compromiso ni las alianzas. Esperaremos a llegar a Roma. Tengo un amigo joyero que además es agente de los diamantes Marcolini.

Ella se encogió de hombros con indiferencia.

–Por mí, como si lo compras en un todo a cien. Seguro que tú también lo preferirías.

La mandíbula de Mario se endureció.

–No me provoques, Sabrina. Todavía estoy a tiempo de encontrar a otra mujer dispuesta a hacer de madre de Molly.

–No te vas a librar de mí tan fácilmente –dijo ella–. Voy a odiar cada minuto de nuestro matrimonio, pero quiero a Molly lo suficiente como para soportar cualquier tortura que me inflijas.

Mario arrojó la servilleta sobre la mesa. Sus labios formaban una fina línea.

–Puedes odiarme todo lo que quieras, pero te ruego que evites demostrar tus malos sentimientos delante de Molly. Puede que sea demasiado pequeña para hablar, pero ve y oye. No quiero que la pongas en mi contra.

Sabrina deseó tener unas uñas lo suficientemente largas como para arañar su arrogante rostro. ¡Cómo lo odiaba! Era todo lo que despreciaba en un hombre. No estaba acostumbrada a experimentar emociones tan intensas. Generalmente era una persona equilibrada que no se enfadaba con facilidad, exageradamente paciente. Pero en presencia de Mario Marcolini algo le ardía por dentro y amenazaba con consumirla. Sabía que si daba rienda suelta a su furia él lo utilizaría contra ella. Tenía el poder para hacer lo que quisiera. Podría impedirle volver a ver a Molly sin que ello le causara ningún problema de conciencia.

Iban a casarse en menos de veinticuatro horas. Ello le proporcionaría seguridad y un lugar legítimo en la vida de Molly, por lo menos de momento.

Su única esperanza era que Mario se diera cuenta con el tiempo de lo mucho que Molly la necesitaba y que le permitiera desempeñar una función permanente en la vida de la pequeña.

Tras respirar profundamente para calmarse, tomó la copa de vino y bebió bajo el escrutinio de la mirada de Mario.

–¿Sabes una cosa, Mario? Creo que podrías aplicarte el cuento. Piensa en lo que pensará Molly de ti como padre si te oye insultarme.

Él tomó la copa de vino sin apartar la mirada de ella.

–Ambos tendremos que tener cuidado con lo que decimos cuando estemos juntos –concedió–. Me imagino que todos los padres tienen que limar asperezas por el bien de sus hijos.

–Los niños se dan cuenta de todo –señaló Sabrina–. Intuyen que los padres están peleados aun cuando éstos creen que están disimulando. Si perciben tensión todo el tiempo pueden sufrir de angustia emocional.

–Entonces tendremos que asegurarnos de resolver nuestras diferencias antes de que Molly alcance una edad en la que se pueda ver afectada por ellas.

–¿Y cómo sugieres que lo hagamos? –preguntó ella frunciendo el ceño.

–Tendremos que suspender las hostilidades –respondió alzando su copa–. Te propongo un brindis.

Ella brindó su copa cautelosamente.

–¿Y por qué brindamos exactamente? –preguntó.

Él esbozó una enigmática sonrisa.

–Por hacer el amor y no la guerra –respondió y, llevándose la copa a los labios, se bebió su contenido de un trago.

Capítulo 6

SABRINA depositó su copa sobre la mesa con mano temblorosa.
–Tengo que... ir a ver cómo está Molly –dijo echando hacia atrás la silla.

Mario se puso en pie.

–Yo tengo que hacer unas llamadas y enviar unos correos electrónicos, pero lo haré desde el centro de negocios que hay abajo para no molestar a Molly. Vete a la cama cuando te entre sueño.

Sabrina notó que se le tensaba el cuerpo.

–Esto... creo que estaré más cómoda en el sofá.

Él le sostuvo la mirada.

–¿No quieres compartir mi cama, Sabrina? –preguntó–. ¿Te parece que no ha pasado demasiado tiempo desde que saliste de la de Roebourne?

Ella frunció la boca y se negó a responder a la provocación. No le importaba que eso confirmara la opinión que tenía de ella. Podía pensar lo que quisiera. Él no era quién para arrojar la primera piedra, vista su actitud con las mujeres.

Mario se acercó a ella impidiéndole salir.

–Puedo hacer que lo olvides.

Sabrina contuvo el aliento mientras él le acariciaba la mejilla con la punta del dedo. Sintió todos los nervios de la cara a flor de piel y un hormigueo por los labios. La atracción soterrada, el deseo caliente le aceleraron el corazón y convirtieron en líquido sus huesos.

La boca de Mario comenzó a descender hacia la suya, milímetro a milímetro, acariciándole los labios con su aliento tibio. Ella se inclinó hacia él hasta que sus bocas, finalmente, se encontraron.

Fue un beso potente y exclusivo, como Sabrina esperaba de Mario. Todo en él transmitía potencia sexual, especialmente su boca, tan sensual. Sus labios eran firmes y exigentes, y a la vez extrañamente dulces y persuasivos. Todo su cuerpo tembló cuando su lengua se abrió paso con una embestida, una erótica réplica de lo que le haría con la parte inferior de su cuerpo si ella bajara la guardia.

Mario exploró con la lengua cada una de las esquinas de su boca y le mordisqueó el labio inferior causándole un estremecimiento. Sus lenguas volvieron a unirse, juguetonas, la de Mario más dominante, como para recordarle quién de los dos controlaba la situación. Sabrina, desde luego, no.

Sabrina era consciente de estar actuando como una libertina, pero no podía hacer nada para detener aquello. Tan pronto como sus labios se encontraron sintió como si se hubiera accionado un interruptor en su interior programándola a responderle.

La habían besado antes, pero nunca con tanta pasión. Sintió la humedad del deseo entre sus muslos, su íntima hendidura inflamada de necesidad, anhelando desesperadamente ser poseída.

–*Lei è una tentatrice* –gruñó él haciendo su beso más profundo y empujándola contra la pared.

Sabrina pensó que iba a desmayarse cuando sintió, a través de las varias capas de ropa que llevaba, sus manos palpándole los pechos. Una corriente eléctrica la recorrió. Él, impaciente por sentir el tacto de su piel, le sacó la camisa de la falda y con una habilidad fruto de su dilatada experiencia le desabrochó el sujetador, liberando sus pechos hinchados y doloridos para someterlos a las caricias de sus ardorosas manos.

Los pezones se incrustaron en las palmas masculinas. El peso y la forma de sus senos se adaptaban perfectamente al hueco de sus manos. Sabrina nunca se había sentido tan femenina, tan en sintonía con su propio cuerpo.

Se restregó contra él, deseosa de más, de mucho más. Quería sentir su boca caliente en los pechos, sus dientes blancos mordisqueándole los pezones, la aspereza de su lengua sobre la piel. Que él gozara con su feminidad tanto como ella disfrutaba de todo lo que hacía de él un hombre: la capa sombría de barba incipiente cubriéndole la barbilla, el timoneo ardiente de su boca y la sangre palpitando en su entrepierna.

Sabrina trató de concebir cómo sería su miembro, imaginándoselo largo y grueso. Se escandalizó de sus propios pensamientos, pero su boca y sus manos le habían hecho perder el control de su propia mente.

La boca de Mario descendió sensualmente hacia su pecho y tras atrapar su seno derecho comenzó a describir círculos con la lengua alrededor de su pezón erecto. Ella hundió sus dedos en la espesa mata de pelo, agarrándose para no caerse mientras él continuaba sus caricias. Sabrina estaba en llamas, cada poro se su piel burbujeaba de deseo.

Justo cuando pensaba que no podía aguantar más él volvió a besarla en la boca. Casi sin darse cuenta, Sabrina introdujo sus manos bajo la camisa de Mario y se dispuso a explorar los músculos, tensos y bien formados. Fue bajando poco a poco hasta tocar sus glúteos y sintió un vuelco en el estómago al percibir una embestida en respuesta a sus caricias.

La necesidad de sentir su masculinidad entre las manos, de palpar el miembro duro y caliente la excitó tanto que no pudo resistirse. Con vacilante timidez, sus manos se deslizaron por las estrechas caderas de Mario antes de detenerse en la parte delantera de sus pantalones, donde la tela estirada sobre un bulto prominente delataba su excitación.

Acarició primero el contorno con dedos temblorosos. Sintió que él se encogía, como si su tacto le hubiera quemado. De su garganta surgió un rugido áspero y estremecedor. Y de pronto el beso se interrumpió.

Mario dio un paso atrás al tiempo que capturaba con una sola mano las dos de Sabrina. Su expresión era de desdén.

—Veo que has perfeccionado tu técnica, Sabrina —dijo—. He estado a punto de sucumbir a tus perversos encantos.

Sabrina sacudió mentalmente la cabeza; estaba totalmente desorientada. Con el corazón a mil por hora, los labios palpitantes y el rostro enrojecido bajó la mirada y, deshaciéndose de su abrazo, se cubrió la desnudez, odiándole por hacerle perder el control de esa manera.

Lo había hecho a propósito, sin duda, para demostrarle que podía tomarla y dejarla como si fuera un juguete que sirve para divertirse durante un rato, pero que acaba aburriendo al cabo del tiempo.

—No ha sido más que un beso, Mario —improvisó—. Y en eso se va a quedar.

—Puede. Pero si cambias de parecer en lo que respecta al sofá, dímelo —dijo con una sonrisa centelleante—. Nunca se sabe a dónde nos puede llevar el próximo beso, ¿no crees?

A Sabrina le molestó que él se mostrara tan poco afectado por lo que acababa de ocurrir. No daba signos de haber sido llevado al límite del control físico. Al contrario, parecía sereno y tranquilo, como si no hubieron hecho más que darse un beso rápido en la mejilla.

Por su parte, ella se sentía totalmente deshecha, con las emociones a flor de piel. No estaba enamorada de él, ni mucho menos, pero tampoco era tan inmune a él como le habría gustado. Aquel hombre tenía algo, no sabía exactamente el qué, que la confundía. Era el típico aficionado al sexo sin compromiso. Lo supo desde el momento en que Laura se lo presentó el día de su boda.

—Espera a que te presente al padrino de Ric, Mario Marcolini —le había dicho su amiga con un guiño—. Os vais a entender genial.

Sabrina había puesto los ojos en blanco.

—Espero que no estés tratando de emparejarme. Ya sabes que no me gustan esas cosas.

—Jamás haría nada parecido. Pero es que Mario es un partidazo. Es asquerosamente rico y, ahora que ha cumplido los treinta, seguro que está pensando en dejar su vida de playboy y empezar una relación seria. Eres perfecta para él. Los polos opuestos se atraen: el, un hombre de mundo, tú, una jovencita sin experiencia, él, tan cínico, tú, tan inocente. Te lo digo en serio, estáis hechos el uno para el otro.

Sabrina había sonreído, avergonzada.

—Déjalo ya, no tienes por qué seguir recordándome lo inexperta y poco sofisticada que soy.

Laura le había sonreído con afecto.

—No seas tan dura contigo misma. Hoy en día no todos los hombres quieren a una mujer experimentada en la cama. A Ric le encantó ser mi primer amante. Me alegro de haber esperado. Sé que suena muy anticuado, pero hasta que no lo conocí no me sentí preparada. Él me dijo que era el mejor regalo que podía haberle hecho.

Sabrina parpadeó y volvió al presente. Mario la estaba mirando con esa expresión cínica tan suya, probablemente pensando en cómo iba a embaucarla para acostarse con ella.

—Si quieres una esposa en el sentido real del término, vas a tener que pagar por ello.

Él sonrió, burlón, llevándose la mano al bolsillo de la chaqueta. Sacó un fajo de billetes que dejó caer sobre la mesita baja como si fueran naipes.

—Espero que esto cubra la diversión hasta el momento. Ha sido todo un espectáculo. Espero que se repita.

Sabrina se lo quedó mirando, furiosa.

—¿Crees que puedes conseguir lo que se te antoje a golpe de billetera?

Su mirada la taladró sin piedad.

—Claro que puedo —dijo arrastrando las palabras—. Tú, mi pequeña cazafortunas, acabas de demostrarlo.

A Sabrina le vinieron a la mente varios comentarios hirientes con los que contraatacar, pero antes de abrir la boca él había salido de la habitación.

El sofá resultó ser bastante cómodo y aunque Sabrina no esperaba relajarse lo suficiente como para conciliar el sueño acabó quedándose adormilada.

Molly descansaba en su cochecito y, aparte de un resuello ocasional, durmió profundamente hasta las cuatro de la mañana, cuando empezó a lloriquear.

Cuando estuvo claro que no tenía intención de volver a dormirse Sabrina encendió la luz y le cambió el pañal antes de calentar el biberón. Una vez le dio de comer, Sabrina se sentó en el sofá y meció suavemente el cochecito con el pie para que se volviera a dormir.

La puerta de la habitación se abrió y apareció Mario, vestido todavía con la misma ropa, pero con la camisa por fuera de los pantalones. Tenía el pelo alborotado y la mandíbula cubierta por una barba incipiente. Tenía bolsas bajos los ojos, que brillaron pícaros al encontrarse con su mirada.

—¿Me estás esperando levantada, cariño? —preguntó.

—Ahora entiendo por qué has reservado la suite más grande del hotel: es para que quepa tu ego.

Mario rió mientras se desabrochaba la camisa.

—Creo que estar casado contigo puede resultar divertido. Va a ser todo un reto domesticar esa lengua que tienes.

–No soporto a los hombres que creen que pueden controlar a las mujeres que forman parte de su vida.

–Ah, pero tú no eres una de esas mujeres, ¿no? Aunque creo que te gustaría; sería la guinda del pastel. Un marido rico, una hija y un estilo de vida con el que el resto de la gente sólo puede soñar.

–No puedo imaginarme nada peor que estar atada a ti.

Él la miró, desafiante.

–Estás jugando a un juego muy ingenioso. No me cabe duda de que lo has hecho más veces. Pero yo soy mucho más listo de lo que te imaginas, jovencita. No voy a dejar que me manipules. Sé lo quieres y lo lejos que estás dispuesta a llegar para conseguirlo. Dentro de poco me dirás que estás enamorada de mí y que quieres que sigamos casados indefinidamente.

Ella puso los ojos en blanco.

–Eso es lo que a ti te gustaría.

Mario sonrió. Le encantaban las mujeres de réplica pronta, demostraban tener una inteligencia a la altura de la suya. El temperamento combativo de Sabrina le gustaba cada vez más. Estaba harto de las mujeres que le sonreían bobaliconamente y se plegaban a sus deseos sin la más mínima protesta.

Sabrina era de las que se defendían con uñas y dientes, como un gato acorralado, lo que no hacía sino aumentar sus ganas de domesticarla, de tenerla derrotada, ronroneando en sus brazos, dándose a él sabedora de que ningún otro macho podía satisfacerla como él.

Porque él podía satisfacerla. Estaba convencido de ello. Nunca había recibido un beso tan apasionado, unas caricias tan abrasadoras. Todavía sentía los rescoldos de la pasión sobre su piel.
–Voy a acostarme un par de horas –dijo–. ¿Estás segura de que no quieres venir a la cama?
La mirada que ella le lanzó lo llenó de excitación.
Unas horas después se convertiría en su mujer.
Legalmente.
Oficialmente.
Y por lo que había visto y sentido hasta el momento, no tardaría en querer convertirse en su esposa en el sentido más amplio de la palabra.

Capítulo 7

LA CEREMONIA civil, que tuvo lugar en los juzgados, fue tan decepcionante como Sabrina había imaginado. Un funcionario apático dirigió el breve e impersonal intercambio de votos y los papeles fueron firmados en menos tiempo del que tarda una novia de verdad en recorrer el camino hasta el altar.

Lo único que hizo la ceremonia más memorable para Sabrina fue la parte en la que el celebrante le dio a Mario permiso para besar a la novia.

Sabrina había pasado horas preparándose para ese momento y aun así sintió que sus huesos se derretían en el momento en que la boca de Mario rozó la suya.

El beso fue breve pero intenso, y el hecho de que Mario fue el primero en separarse la defraudó. Se preguntó si él se habría dado cuenta de que secretamente ella deseaba más. Su expresión era muy difícil de descifrar pues no daba signos de que aquella ceremonia le estuviera afectando de alguna manera.

Los periodistas aguardaban en la calle, pero Mario había organizado los servicios de un equipo de seguridad para mantenerlos a raya. Resultó imposible evitar que hicieran algunas fotos y Sabrina se alegró de haber puesto esmero en arreglarse. Llevaba su mejor conjunto, un traje de color rosa pálido y unos pendientes y un collar de perlas que habían pertenecido a su madre. Se había recogido el pelo en un moño informal pero estiloso y se había maquillado cuidadosamente. Ahora estaba desempeñando un papel que requería de toda la elegancia y sofisticación de la que pudiera hacer acopio.

No quería que ninguna de las amantes, pasadas o futuras, de Mario pensara que se había casado con una chica vulgar. Estaba decidida a demostrarle a todo el mundo, incluido el mismo Mario, que era capaz de desenvolverse con soltura en público.

No hubo fiesta tras la ceremonia, ni copas de champán con las que brindar por el futuro, ni ramo que lanzar. En su lugar, Sabrina se vio envuelta en un frenesí de actividad mientras el chófer de Mario los guiaba hacia la limusina que habría de llevarlos al aeropuerto con destino a Roma.

Afortunadamente Molly no se despertó hasta que Sabrina tuvo que sacarla de la sillita para pasar por el control de seguridad.

En cuestión de minutos fueron conducidos hasta el avión privado que se deslizó por la pista de despegue y echó a volar como si fuera un ave gigante y metálico.

Sabrina, cansada tras un día de estrés y confusión emocional, cerró los ojos, decidida a descansar un poco antes de que Molly volviera a despertarse.

Mario aspiró la dulce y ligera fragancia que despedía el cabello castaño de Sabrina. Olía a flores de primavera, y a jazmín, una combinación sutilmente cautivadora que le desconcentró del artículo sobre gestión de fondos que estaba leyendo.

Miró sus manos, pequeñas y delgadas, apoyadas en su muslo derecho. La ausencia de la alianza le recordó que tenía que comprar un anillo de compromiso y otro de boda para darle credibilidad a su reciente matrimonio.

Había hablado por teléfono con su hermano y le había explicado la situación. Antonio le había animado a hacer lo mejor para Molly. Forjar una relación a largo plazo con Sabrina no era algo que Mario hubiera tenido en consideración, pero había empezado a darse cuenta de que el bebé respondía a Sabrina como si ésta fuera su madre biológica. No quería plantearse el futuro a largo plazo y verse atrapado en un matrimonio sin amor no entraba en sus planes. Sus padres habían tenido un matrimonio feliz hasta que su padre murió de un ataque al corazón. El declive de su madre durante los últimos cinco años y su muerte reciente habían convencido a Mario de que el matrimonio no era para él. No le gustaba la idea de depender de alguien en ningún sentido, tampoco en el emocional. Había sido testigo de lo que le había pasado a su hermano y a su mujer y de cómo la llegada de su primer hijo, que había nacido muerto, los había mantenido separados durante cinco largos años. Él no quería vivir rodeado de emociones tan fuertes. Y aun en el caso de plantearse el matrimonio, Sabrina no era el tipo de mujer con el que hubiera considerado casarse. Era verdad que tenía mano para los niños, ¿pero qué hombre deseaba una esposa que lo engañara a la primera oportunidad?

Ahora, mirándola mientras dormía, le costaba imaginarla saltando de cama en cama, como sugería su mancillada reputación. Supuso que ésa era la razón de su éxito con los hombres. Tenía ese aspecto de niña perdida que podía derretir al más duro de los corazones. Sabía que tendría que andarse con cuidado.

Sabrina murmuró algo y alzó la cabeza parpadeando, somnolienta.

–¿Qué hora es? –preguntó atusándose el alborotado pelo.

–¿En Roma o en Sydney? –preguntó él conteniéndose las ganas de remeterle un mechón rebelde detrás de la oreja.

Ella se incorporó en el asiento y miró al bebé dormido.

–¿Se ha despertado?

–No, duerme como… –de repente, sonrió–. Como un bebé.

Algo se removió en su interior al verle sonreír. Estaba increíblemente guapo. Tragó saliva y apartó la mirada.

–Sí, bueno, está claro que quien se inventó esa expresión no tenía hijos –dijo por decir algo.

–Puede que tengas razón –repuso él estirando las piernas.

–¿Cuánto queda para aterrizar? –preguntó ella mirando por la ventana.

–El piloto ha comenzado ya el descenso. La tripulación no tardará en prepararnos para el aterrizaje.

Al cabo de unos minutos tomaron tierra y poco después, tras pasar por la aduana, llegaron hasta el vehículo que los estaba esperando. Los periodistas hicieron un par de fotos para disgusto de Mario, que increpó a uno de los paparazzi.

Sabrina admiró la vista desde el coche mientras se deslizaban por la ciudad. Pasaron las ruinas del Coliseo y sintió un hormigueo de excitación. Sólo había viajado una vez al extranjero, a Nueva Zelanda, y aunque le había parecido precioso, no tenía nada que ver con la ciudad eterna de Roma.

A lo largo del trayecto Mario le fue señalando varios puntos de interés, como la colina Celia y el Vaticano en la distancia.

—Yo estaré ocupado con el trabajo, pero haré que alguien te acompañe a hacer turismo —ofreció al tiempo que se acercaban a su mansión.

Sabrina se sorprendió al sentir una pequeña punzada de decepción. No es que le gustara su compañía. ¿Por qué entonces quería que fuera él quien le enseñara la ciudad?

—Estoy segura de que seré perfectamente capaz de hacerlo sola —apuntó ella al tiempo que el coche se detenía frente a una mansión de aspecto imponente.

—Estoy seguro de que eres más que capaz, pero tengo que asegurarme de que Molly esté bien atendida en todo momento. Roma es una ciudad hermosa, pero como todas las urbes grandes tiene sus peligros, uno de ellos el tráfico. Tú no estás acostumbrada, por ejemplo, a que el tráfico circule por el otro lado. No tendrías más que empujar el carrito de Molly un poco sin darte cuenta para que ocurriera una desgracia.

Sabrina comprendió su punto de vista, pero no pudo evitar darse cuenta de que lo que más le preocupaba era la seguridad de Molly, no la suya.

Trató de no pensar en ello mientras Mario la introducía en la mansión. El ama de llaves se acercó apresurada a recibirles y tras dedicar a Sabrina una rápida mirada se inclinó alborozada sobre el bebé, que dormía pacíficamente en su sillita.

Mario hizo las presentaciones de rigor, y Sabrina supo que se había sincerado con el personal de la casa acerca de la mujer con la que acababa de casarse. Sintió rabia y tuvo que apretar los dientes tras una cortés sonrisa cada vez que le presentaban a un nuevo empleado. Estaba decidida a enfrentarse con Mario en privado. ¿Por qué tenía que poner a la gente en su contra de antemano?

No ayudaba el hecho de que todo el mundo hablaba italiano muy deprisa haciéndole imposible entender las pocas palabras que había aprendido de Laura.

–Giovanna te acompañará a tu dormitorio –le informó Mario–. Tengo que irme a la oficina a resolver unos asuntos urgentes. Te veré esta noche.

Sabrina se preguntó si ese asunto tan urgente que tenía que atender sería una mujer rubia, delgada y de grandes pechos. Haciendo un esfuerzo, se tragó el resentimiento y siguió al ama de llaves.

Mientras subían las escaleras trató de que no se le notara lo impresionada que estaba por la opulencia del lugar. Obras de arte valiosísimas colgaban de las paredes, estatuas y bustos de mármol adornaban los descansillos y la alfombra que cubría la escalera parecía estar hecha a mano.

El ama de llaves abrió una puerta del segundo piso.

–Su habitación –anunció–. La niña, en la siguiente. El *signore* Marcolini, en la de más allá.

Sabrina le dio las gracias y sin pronunciar otra palabra Giovanna desapareció dejando tras de sí el murmullo desaprobador de su negro y almidonado uniforme.

Sabrina trató de no quedarse dormida para descansar bien por la noche. Aunque se sentía exhausta a causa del desfase horario, la necesidad de bañar y dar de comer a Molly le dio una razón para mantenerse activa. Pero una vez dejó a Molly descansando en el cuarto de al lado se dio cuenta de que tenía poco que hacer hasta que llegara el momento de irse a la cama.

El ama de llaves le había informado de que la cena sería servida a las ocho y media, pero Sabrina terminó cenando sola pues Mario no había regresado todavía.

El comedor era grande, y el cubierto solitario en la pulida e infinita mesa la hizo sentir más aislada aún. La comida estaba deliciosa y dio buena cuenta de ella. Incluso bebió una copa de vino, pensando que la ayudaría a relajarse cuando llegara la hora de ir a la cama.

Pensó en esperar despierta a que Mario regresara para hablarle de la frialdad con la que la trataba el ama de llaves, sobre todo por Molly, que aunque aún era pequeña, no tardaría en percibir corrientes de tensión. Finalmente decidió dejarlo para cuando estuviera más descansada. Si lidiar con Mario le resultaba difícil estando en posesión de todas sus facultades, no quería ni pensar en cómo sería enfrentarse a él en el estado de agitación e intranquilidad en el que se encontraba.

Se sentía atrapada, pensó mientras bebía el último sorbo de vino. Atrapada y traicionada por sus propios pensamientos, que no dejaban de asaltarla con imágenes de Mario satisfaciéndola, introduciéndola al mundo del placer sexual. Un escalofrío la recorrió al recordar la forma en que había respondido su cuerpo a la pasión de su boca, al jugueteo de su lengua.

Se preguntó si Mario estaría descargando su deseo con su amante. Sintió la cruel punzada de los celos. Odiaba imaginárselo con otras mujeres. Era una estupidez actuar como una esposa menospreciada, pero no podía evitarlo.

Sabrina subió las escaleras y, tras comprobar que Molly seguía durmiendo pacíficamente, no pudo evitar mirar de soslayo la puerta que quedaba al otro lado del dormitorio infantil. ¿Qué tenía de malo echarle un vistazo rápido a los dominios de Mario? Él no estaba en casa y, en caso de que volviera, seguro que lo oiría avanzar por el pasillo. La tentación era demasiado fuerte. Había tantas cosas que desconocía de su marido. ¿Acaso no era su derecho como esposa inspeccionar sus aposentos privados? ¿Cómo si no podría averiguar quién era, sus gustos, sus manías, las cosas de las que gustaba rodearse? Había leído en algún sitio que las tres claves para conocer a alguien residían en tratar a su familia, ir a dar una vuelta en el coche con esa persona tras el volante e inspeccionar su habitación.

Sabrina todavía no conocía al hermano mayor de Mario, pero sí había subido al coche con Mario. Éste era el paso siguiente.

Lentamente colocó la mano en el picaporte. No era demasiado tarde para arrepentirse, pero lo giró en el sentido de las agujas del reloj y la puerta se abrió. Respirando entrecortadamente, traspasó el umbral.

Se trataba de un dormitorio muy masculino. La cama, enorme, tenía unas sábanas tan lujosas como las de su propia habitación, pero en lugar de ser blancas y rosas, eran blancas y negras. Sobre las mesitas de noche, de color negro, descansaban sendas lámparas de mármol blanco.

Sabrina aspiró el aire que la rodeaba. Olía a él, a su colonia, a su cuerpo masculino. Se dirigió hacia la cama y pasó la mano por la colcha mientras imaginaba su cuerpo musculoso descansando o haciendo el amor apasionadamente. ¿A cuántas mujeres habría dado placer sobre esa cama?

Sabrina dio un paso vacilante hacia atrás y al hacerlo se chocó contra una pared de músculos duros y calientes. Se giró y se le pusieron los ojos como platos al encontrarse cara a cara con Mario.

–Yo… estaba… –le falló la voz, se ruborizó y su corazón empezó a latir como una locomotora.

Mario la desnudó con su cínica mirada.

–¿Has venido a jugar, Sabrina?

–Estaba… mirando.

La explicación sonó patética.

–¿Y qué mirabas? –preguntó extendiendo el brazo para bloquear la salida. Su mirada era dura como el acero.

–Na… nada –musitó entrecortadamente.

Él la estrechó contra su cuerpo.

–Los dos sabemos qué venías a buscar, ¿verdad, Sabrina?

Ella vio el deseo reflejado en sus pupilas, que estaban tan dilatadas que se confundían con el iris.

Se humedeció los labios con la lengua bajo la atenta mirada de él. El cuerpo le vibraba, los pechos, hinchados, le dolían, constreñidos por el sujetador. Las piernas le vacilaban y el corazón le latía como loco. Había perdido el control de su propio cuerpo, que empezó a buscar contra su voluntad la dureza caliente en el cuerpo de él.

–Malditas seas –rugió él e, inclinando la cabeza, la besó apasionadamente.

Fue como sus últimos dos besos, explosivo y descontrolado. Sabrina se deleitó en cada una de las embestidas de su lengua, que tenía sabor a coñac.

Sus cuerpos se adaptaron perfectamente el uno al otro, la femenina suavidad de ella contra la dureza de él, haciéndole sentir que aquel momento era inevitable, que había estado aguardando desde el día en que se conocieron.

Podía haberlo detenido, *debía* de haberlo detenido, pero en cambio le devolvió el beso, incitándole a que le acariciara los pechos, a que la despojara de su ropa para sentir el contacto de su piel y que le chupara los pezones erectos. Él la empujó contra la cama. Sabrina pensó en hablarle de su inexperiencia. Abrió la boca durante un breve instante, pero todo lo que consiguió decir fue su nombre. *Mario.*

Sus ojos negros la recorrieron, hambrientos.

–Me dije que nunca haría esto –dijo, jadeante–. Pero lo cierto es que lo he deseado desde el día en que nos conocimos.

–Yo también –confesó ella con voz entrecortada.

Sabrina sintió el colchón contra sus piernas, pero aun así, no lo detuvo. Era como si hubiera perdido el control de sus sentidos. Ya no era Sabrina Halliday, la chica sensata que nunca quedaba, ni por supuesto se besaba, con hombres a los que apenas conocía. Se había convertido en otra mujer, una adicta al sexo que palpitaba de lujuria por un hombre al que odiaba.

Cayó sobre la cama bajo el peso de él, atrapada por sus musculosos muslos. Se quitaron la ropa el uno al otro frenéticamente. Se rompieron botones, se rasgaron prendas, pero ella seguía sin ponerle fin a todo aquello.

Porque deseaba que ocurriera. Quería sentir su pasión, quería que perdiera el control por ella.

Tumbada bajo él, cubierta sólo por unas braguitas, su cuerpo se retorcía tras la última barrera que los separaba.

Contuvo el aliento mientras él apartaba el encaje de su cuerpo, bajándole la prenda lentamente por los muslos.

–Mario... –comenzó a decir–. Yo soy...

Se detuvo por miedo a que él se detuviera al oír la verdad. Lo deseaba tanto, necesitaba que la hiciera sentir completa.

Sus ojos la interrogaron.

–¿Sabrina?

Ella deslizó las manos por sus anchos hombros, deleitándose en la fuerza que transmitían sus músculos. Ya no creía odiarlo tanto. No sabía cómo era posible odiar a una persona que tenía la increíble habilidad de hacerle sentir tan bien.

–Nada –contestó ella.

Unos segundos después él estiró el brazo para abrir el cajón de la mesilla y sacar un preservativo.

–No te preocupes –dijo–. Tengo protección. No quiero que ocurra ningún accidente.

Sabrina se preguntó cuántas veces habría hecho lo mismo en el pasado, pero apartó el pensamiento y se centró en seguir los instintos de su cuerpo. Lo miró mientras se lo colocaba, excitándose al ver la largura de su miembro.

Él se colocó encima de ella besándola en la boca mientras se introducía en su cálido y húmedo interior con una única y certera embestida que le arrancó a Sabrina un gemido de dolor.

Sintió que el cuerpo de él se detenía en seco. Trató de contener las lágrimas que asomaban a sus ojos.

–¿Qué ocurre? –preguntó con voz ronca.

Sabrina se mordió el labio y esquivó su mirada.

–Debería habértelo dicho.

Él la tomó de la barbilla y la obligó a mirarlo.

–¿Qué me tenías que haber dicho? –sus ojos oscuros centellearon confusos.

Ella se pasó la lengua por los labios. El miembro masculino seguía dentro de ella, duro, caliente, hiriéndola ligeramente, cosa que ella hizo lo posible por ocultar.

Se sentía estúpida, torpe, como una niña que jugara a ser adulta. Se sintió también una fracasada por no saber darle placer a un hombre. Aquélla era su primera experiencia sexual y la recordaría durante el resto de sus días como un fiasco de proporciones monumentales.

–¿Sabrina?

Ella contestó con un hilo de voz.

—Yo... no tengo mucha experiencia.

Mario salió lentamente de su cuerpo. No se le había ocurrido pensar que fuera virgen. ¿Cómo iba a hacerlo? Rememoró todas las conversaciones que habían mantenido y no recordó ni una sola indicación que sugiriera que no era la mujer vividora retratada en la prensa.

El sentimiento de culpabilidad lo aguijoneó por dentro. La había herido, le había robado su preciosa inocencia. En todos los años que llevaba coleccionando amantes jamás se había encontrado con una virgen. Todas las mujeres con las que se acostaba tenían tanta experiencia como él.

Se sentía profundamente avergonzado. No estaba acostumbrado a la sensación. Normalmente era dueño de las situaciones, que manejaba a su antojo. Siempre se había fiado de sus instintos, pues pocas veces se equivocaba.

Y sin embargo, se había equivocado con Sabrina. Se había equivocado terriblemente.

Carraspeó para hacer bajar el nudo que el cargo de conciencia había formado en su garganta.

—Sabrina... —incorporándose, cubrió la desnudez de ella con una sábana, sobresaltándose al ver un rastro de sangre entre sus estilizadas piernas.

—No pasa nada —dijo ella ruborizándose—. Ha sido culpa mía por no decírtelo. Iba a hacerlo, pero me dio vergüenza. Te hice creer que...

Mario la interrumpió con aspereza.

—No voy a permitir que te culpes a ti misma de lo que ha ocurrido.

Y levantándose de la cama, se quitó el preservativo y buscó una bata con la que taparse.

—Maldita sea, Sabrina, te he herido.

Tragó saliva con dificultad. Sabrina nunca volvería a ser la misma después de lo que le había hecho. Había actuado como un animal. La había acosado y tras darle caza se había apareado, sin tomarse la molestia de conocerla primero como se hubiera merecido.

Miró su delgado cuerpo, tendida en la cama. Apenas ocupaba espacio; era tan ligera que su peso apenas dejaba huella en el colchón. No podía soportar pensar en lo pequeña que era. Se sintió asqueado de sí mismo.

Agitado, se dirigió a grandes zancadas al cuarto baño, de donde regresó con una toalla mojada que le tendió.

—¿Puedo traerte algo? —preguntó, sintiendo, avergonzado, que no estaba a la altura de las circunstancias.

Ella negó con la cabeza, sosteniendo la toalla entre sus frágiles dedos.

—No, gracias. Necesito ducharme y dormir un poco. Creo que ha sido por el desfase horario, ¿sabes? Me ha hecho perder el control...

Mario lanzó un juramento.

—No trates de justificarme, Sabrina. Merezco una paliza por lo que te he hecho.

Ella volvió a morderse el labio inferior con sus blancos dientes.

—Ha sido culpa mía en parte —dijo en voz tan bajita que él apenas la oyó.

—Una mínima parte —sentenció él y, con un suspiro entrecortado, la dejó sola para que se vistiera.

Capítulo 8

SABRINA salió lentamente de la cama de Mario y, cubriéndose con la sábana, se inclinó para recoger la ropa desperdigada por el suelo. El dolor de sus músculos internos la hizo gemir. Se sentía avergonzada.

Era tonta, tonta, tonta. ¿En qué estaba pensando? Podía echarle la culpa al desfase horario o a la copa de vino que había bebido con la cena, pero en el fondo sabía que no eran más que excusas. Sabía perfectamente por qué había permitido que él la sedujera: porque lo deseaba. Así de simple. ¿Tenía algo de malo?

Por supuesto que no. ¿Qué joven de su edad se agobiaría ante la posibilidad de tener relaciones sexuales con alguien por quien se sintiera profundamente atraída? Demostraba estar muy chapada a la antigua al pensar que el sexo era sólo para los enamorados. Porque ella no estaba enamorada de Mario. Ni siquiera le caía bien. Y, sin embargo, se sentía irremediablemente atraída hacia su persona. Al igual que una polilla que revolotea peligrosamente alrededor de una llama acababa de quemarse, y nadie tenía la culpa más que ella.

Sabrina comprobó que Molly estaba bien antes de ir a su cuarto de baño privado. Tras darse una ducha se acurrucó en la cama, abrazando una almohada contra su pecho, torturándose con la idea de que Mario se habría ido de casa a satisfacer sus necesidades en algún otro sitio. Se lo imaginó con su amante rubia, la modelo con la que lo había visto varias veces en los periódicos. Sin duda ella no se echaba a temblar cuando él la tocaba, ni se sonrojaba como una colegiala al ver su cuerpo desnudo en plena excitación. Sabrina gimió y se tapó la cara con la almohada tratando de ahuyentar esas molestas imágenes.

Cuando alguien llamó suavemente a su puerta parpadeó sorprendida.

–¿Quién es?

–Sabrina, soy yo –dijo Mario–. ¿Puedo pasar?

–Esto... sí.

Se incorporó en la cama mientras él entraba en la habitación. También se había duchado. Llevaba puestos unos vaqueros y una camiseta, no como ella, que estaba en pijama. Seguramente él no tendría ninguno; no podía imaginarse ese cuerpo largo y musculoso atrapado en un aburrido y anticuado pijama de algodón o de franela.

–¿Cómo te encuentras? –preguntó.

Sabrina se ruborizó al sentirse observada.

–Bien.

Él se sentó en el borde de la cama con el ceño fruncido.

–¿Por qué no te defendiste en el asunto de Roebourne?

Ella se llevó las rodillas al pecho.

–No quería hacer sufrir a los niños –contestó.

–¿Los hijos de Roebourne? –preguntó enarcando las cejas.

—Sí, aunque son muy pequeños se habrían enterado por los periódicos de la verdad sobre su padre si yo me hubiera decidido a contarla.

Mario empezó a acariciarle la mano sin dejar de mirarla fijamente a los ojos.

—¿Qué ocurrió?

—Fui una ingenua. No me di cuenta de que buscaba un chivo expiatorio. Cuando me di cuenta de lo que estaba ocurriendo era demasiado tarde para hacer nada. Los niños ya tenían que aguantar bastante, como para enterarse de que su padre había intentado seducirme. Además, era su palabra contra la mía. Nadie me habría creído.

Mario le apretó la mano.

—¿Te amenazó?

Sus ojos se ensombrecieron momentáneamente.

—Sí, un par de veces.

Mario sintió la bilis quemándole por dentro. No era un hombre violento, pero en ese momento hubiera querido darle un puñetazo en la cara a Howard Roebourne por haber manchado la reputación de Sabrina.

Y también estaba enfadado consigo mismo por haberla tratado como lo había hecho. Si hubiera pensado con la cabeza en lugar de con otras partes de su cuerpo se habría dado cuenta de que no podía ser tan mala como la pintaban. Ric nunca habría estado de acuerdo en nombrar a Sabrina tutora de Molly si no hubiera tenido plena confianza en ella.

Mario le acarició el labio inferior con el pulgar, asombrado una vez más de lo suave que era su boca.

—¿Todavía estás dolorida?

Ella negó con la cabeza.

—Mario, por favor, no hagas tantos aspavientos. Ha sido culpa mía por no decírtelo.

Mario se puso en pie y comenzó a andar de un lado a otro de la habitación pasándose la mano por el pelo.

—Podrías haberlo hecho, ¿pero crees que te hubiera creído? —preguntó asqueado de sí mismo—. Posiblemente me habría reído de ti y hubiera seguido.

—No me lo creo —dijo ella con voz dulce—. Tú nunca me hubieras forzado a hacer algo que yo no quisiera.

Él se volvió hacia ella y la miró con ojos sombríos.

—Te obligué a que te casaras conmigo.

Ella encogió sus delgados hombros.

—Sí, por el bien de Molly.

Él respiró hondo.

—El asunto es, Sabrina, que lo hecho, hecho está. Y tú te mereces algo mejor.

Sabrina volvió a abrazarse las rodillas.

—No entiendo lo que quieres decir.

—¿Por qué dejaste que te hiciera el amor esta noche?

—No lo sé —se mordisqueó el labio.

—No puede volver a suceder. Lo entiendes, ¿verdad?

A Sabrina se le hizo un nudo en la garganta.

—Si eso es lo que tú quieres…

Mario pronunció entre dientes un juramente mientras volvía a andar de un lado a otro.

—Lo que yo quiera carece de importancia. Molly

nos necesita a los dos, y tenemos que permanecer casados para evitar que los Knowles se queden con ella. Si nos separáramos ellos tratarían sin duda de conseguir su custodia.

Sabrina entendió lo que Mario acababa de decirle aunque una parte de ella, la romántica, la femenina, había empezado a jugar con la idea de que él se enamorara de ella y le pidiera ser su mujer de verdad.

¿Enamorarse?

Se sobresaltó internamente. ¿Acaso estaba ella enamorada de él? Nunca lo había estado, pero se imaginó que eso era lo que se sentía: un vacío en el estómago, presión en el corazón y un ardiente anhelo por sentir de nuevo sus caricias.

Se recriminó por ser tan infantil. Estaba claro que ahora que sabía lo inexperta que era no sentía el menor interés por ella. Algunos hombres eran así; no querían perder el tiempo instruyendo a una amante primeriza; preferían meterse en la cama con mujeres experimentadas.

—Estás muy callada —intervino él—. ¿No estás de acuerdo en que debemos permanecer casados?

Sabrina compuso una expresión neutra.

—Quiero hacer lo que sea mejor para Molly.

—Bien —dijo él soltando un suspiro—. En eso quedamos, entonces.

Se hizo un silencio en la habitación.

—Lamento haberte hecho daño —dijo con voz profunda—. Haré lo posible por compensarte.

Sabrina acertó a hablar a duras penas.

—No tienes que hacer nada, Mario.

«No tienes que hacer nada más que amarme, porque creo que me estoy enamorando de ti», añadió para sí.

Él se inclinó y posó un casto beso en la frente de Sabrina, que se sintió como si tuviera tres años.

– Buenas noches, Sabrina –dijo con dulzura.

Sabrina esperó a que cerrara la puerta tras él antes de soltar un suspiro que había quedado atrapado.

Tonta, más que tonta.

A lo largo de los días siguientes, Sabrina advirtió que la actitud del ama de llaves se había suavizado. Supuso que Mario habría hablado con Giovanna, pues ésta había ido relajando gradualmente su tirante actitud e incluso se había ofrecido a enseñarle italiano, con poco éxito.

Sabrina veía poco a Mario. Un ratito por las mañanas, mientras se ocupaba de Molly y otro por la noche, cuando él volvía de la oficina pasada ya la hora de la cena. Él era cortés pero distante. Le preguntaba qué tal le había ido el día y se interesaba por Molly, pero no entraba en asuntos personales.

Era como si hubiera construido un muro alrededor de sí mismo y la hubiera dejado a ella fuera. Sabrina se preguntó si habría vuelto con su amante modelo. Todo parecía apuntar a que así era: sus tardías horas de llegada, el aspecto arrugado de su ropa y la rígida formalidad con la que la trataba.

Sabrina se recriminaba constantemente por haberse enamorado de él. Con ello no hacía más que demostrar lo ingenua que era. Seguramente él había apartado el episodio de su mente y no se torturaba pensando en lo que podría haber pasado si las cosas entre ellos fueran diferentes.

El viernes a media tarde, mientras Molly dormía una siesta, Giovanna informó a Sabrina de que había llegado un envío para ella.

–De parte del señor Marcolini –explicó–. Creo que le va a gustar lo que ha comprado para usted.

Sabrina se echó a un lado mientras el mensajero introducía en la casa bolsas y más bolsas de diversos diseñadores. Había trajes de noche, zapatos, bolsos de día y de noche, prendas sueltas y hasta lencería fina. Miró extasiada los exquisitos tejidos, preguntándose quién lo habría ayudado a seleccionar un guardarropa tan fabuloso.

Si bien le agradecía su generosidad no podía quitarse de encima la sensación de que él quería convertirla en la esposa glamurosa que la gente esperaba ver al lado de un hombre de su posición. Obviamente, las prendas compradas en grandes almacenes y sus zapatos viejos no eran adecuados. Se sintió anticuada y sin gracia, como un gorrión común disfrazado de un ave exótico y vistoso.

–El señor Marcolini volverá a casa temprano esta noche –anunció Giovanna cuando Sabrina entró en el salón con Molly en los brazos por la tarde–. Acaba de llamar para decir que vendrá a cenar.

Sabrina sintió algo de escozor al descubrir que él no había pedido hablar con ella personalmente, pero apartó el pensamiento y sonrió a la criada.

–Qué bien –dijo–. ¿Quiere que la ayude a preparar la cena?

Giovanna pareció escandalizada.

—¡No, de ninguna manera! Yo soy el ama de llaves y usted, su mujer.

Sabrina colocó a Molly sobre la alfombra para que pudiera patalear a gusto.

—Usted sabe muy bien que no soy su esposa de verdad —dijo con un suspiro de desencanto—. Ni siquiera compartimos dormitorio.

Giovanna se arrodilló junto a ella para hacerle cosquillas a la pequeña.

—Usted es su esposa, señora Marcolini —sentenció sin quitarle ojo a la pequeña—. Es sólo que él todavía no se ha dado cuenta.

—Creo que tiene una amante —dijo tratando de no atragantarse.

Giovanna se puso en pie con decisión.

—Los hombres italianos suelen tener amantes —dijo—. No importa.

—A mí sí me importa —replicó Sabrina—. No quiero compartirlo con otra mujer.

—Si usted satisficiera sus necesidades en casa quizá no tendría que compartirlo con otra —señaló Giovanna.

Sabrina sintió que se ruborizaba. Miró a Molly y jugueteó con sus pequeños pies.

—No tenemos ese tipo de relación. No es lo que él quiere.

—¿Eso le ha dicho él?

—Más o menos.

Giovanna cruzó los brazos sobre su amplio pecho.

—Yo he visto cómo la mira, señora Marcolini. Puede que tenga que ser usted la que dé el primer paso.

Sabrina sintió un escalofrío sólo de pensarlo. ¿Y si él la rechazaba? No podría soportarlo. Si él despreciaba sus torpes insinuaciones, se sentiría aún más estúpida.

–Ah, debe de ser él –dijo Giovanna al oír el ruido de la puerta principal al cerrarse.

El ama de llaves salió apresuradamente de la habitación y unos instantes después entró Mario. Se aflojó el nudo de la corbata, se quitó la chaqueta del traje y sonrió al ver a Molly pataleando y riéndose en el suelo.

–¿Cómo está mi pequeño tesoro? –preguntó.

Molly emitió unos felices gorjeos y pataleó aún con más fuerza agitando sus manitas en el aire. Mario la tomó entre sus brazos y la besó en ambas mejillas antes de mirar a Sabrina.

–¿Recibiste la ropa que te envié?

Sabrina elevó la barbilla.

–Es preciosa. Muchas gracias; ha debido de costarte una fortuna.

Él le sostuvo la mirada unos instantes.

–Si hay algo que no te gusta siempre puedes devolverlo. No me ofenderé, te lo aseguro.

El orgullo le hizo enderezarse.

–No estoy acostumbrada a que alguien elija la ropa por mí.

–Estás enfadada, *cara*.

El corazón le dio un brinco en el pecho al oír el cariñoso apelativo.

–No, no estoy enfadada. Es sólo que… Algunas de las cosas que has comprado son muy personales y yo…

–¿He acertado con la talla? –preguntó sin dejarla acabar.

–Sí –respondió ella, con la cara ardiéndole de vergüenza al pensar en los bonitos sujetadores de encaje y delicadas braguitas que él había escogido para ella.

–Te he comprado otra cosa –anunció él–. Está en el bolsillo de mi chaqueta. Ve a buscarlo.

Sabrina se acercó a la chaqueta. Todavía conservaba el calor de su cuerpo y su esencia masculina. Estuvo a punto de enterrar el rostro en la prenda y aspirar su esencia, pero se detuvo justo a tiempo. Metió la mano en uno de los bolsillos interiores y encontró una cajita de terciopelo. La sacó con el corazón latiéndole a mil por hora.

–Ábrela –ordenó él.

Ella lo hizo cuidadosamente con dos dedos y abrió los ojos como platos cuando vio los dos anillos a juego que había en su interior. Los diamantes y el oro blanco refulgían en el estuche. Sabrina nunca había visto nada tan bonito. A su lado, su colección de bisutería parecía un conjunto de artículos de feria.

–He calculado a ojo el tamaño de tu dedo, como con la ropa. Si no te quedan bien podemos llevarlos al joyero para que los ajuste.

Sabrina tomó los anillos cuidadosamente y los introdujo con facilidad en su dedo anular.

–Te quedan grandes –observó él.

–No mucho –opinó ella mirándolo con timidez.

Él la miró con expresión impenetrable.

–Eres mucho más menuda de lo que pensaba. Debería haberlo sabido después de la otra noche.

Ella bajó la mirada y observó el efecto de las sortijas en su dedo.

–Son preciosas. Nunca he tenido nada tan bonito.

–Los he mandado diseñar usando los diamantes de la colección Marcolini –dijo cambiando a Molly de brazo, como si llevara toda su vida ocupándose de niños pequeños–. Por cierto, estoy buscando una niñera para Molly.

A Sabrina se le erizó el pelo. Temía que si una niñera se establecía firmemente en la vida de Molly, Mario dejaría de necesitarla. Pensó que a lo mejor la ropa y los anillos que él le había regalado eran un premio de consolación para que se fuera sin montar un escándalo.

–¿Necesitamos una niñera? –preguntó–. Tengo todo el tiempo del mundo para ocuparme de Molly.

Mario acunó la cabeza de Molly contra su pecho con una de sus grandes manos.

–Algunos de mis socios quieren conocerte.

–Podrían venir aquí –ofreció ella–. No tenemos por qué salir a un restaurante. Podría ayudar a Giovanna con la cena; he hecho cursos de cocina y…

–¿Qué pasa, Sabrina? –preguntó.

Sabrina volvió a bajar la mirada.

–No sé si voy a resultar muy convincente en el papel de esposa. Tengo los vestidos y los anillos, pero no sé si eso va a ser suficiente para convencer a nadie.

–Pues tendrá que serlo. La prensa ya ha anunciado nuestra unión. La gente espera que entremos y salgamos como cualquier otra pareja recién casada. Mañana por la noche tengo una importante cena de negocios. La gente empezará a hacerse preguntas si no vienes conmigo.

Ella empezó a retorcerse los dedos.

–¿Y quién cuidará de Molly? No podemos dejarla en manos de una perfecta desconocida.

–Giovanna se quedará a pasar la noche. Tiene varios nietos, así que está acostumbrada a tratar con bebés. Estoy seguro de que estará bien durante las tres o cuatro horas que estemos fuera.

Sabrina miró a Molly, que se había quedado dormida en su amplio pecho. No le sorprendía que la pequeña se sintiera tan segura y protegida en sus brazos. Era un hombre alto y fuerte, pero sorprendentemente dulce cuando las circunstancias así lo requerían.

Deseó que él volviera a tocarla, que volviera a tentarla con su boca, a cautivar sus sentidos hasta que ella no pudiera pensar en nada más. La piel le ardía de deseo y se moría de ganas de sentir sus manos, su boca, su lengua sobre sus pechos. El dolor que había sentido en su interior había desaparecido para dejar paso a la nostalgia por el breve momento en que él la había poseído. Había sido tan amable y considerado y se había disculpado con tanta profusión que le había resultado imposible no enamorarse de él.

–Creo que es hora de que esta damita se vaya a la cama –anunció Mario pasándole con cuidado a la niña.

Ella tomó el bebé dormido entre sus brazos y el corazón le bombeó a toda máquina cuando él sin querer le rozó uno de los pechos con la mano.

–Eres muy bueno con ella, Mario. Tiene suerte de tener un tutor tan maravilloso.

Sus oscuros ojos se ensombrecieron un instante.

–Estaría mucho mejor con sus padres de verdad –dijo–. No hay nada que pueda sustituir eso, ¿verdad?

–No, tienes razón.

Sabrina se había preguntado a menudo cómo sería tener padre, sobre todo cuando la vida le arrebató a su madre siendo tan joven. Soñaba con qué aspecto tendría, cómo sonaría su voz y qué cosas le diría si algún día se encontraban. Había sido muy pequeña para hacer preguntas y ahora era demasiado tarde. Cuando vio las palabras «padre desconocido» en su partida de nacimiento sintió como si una flecha se le hubiera clavado en el corazón. Le costaba aceptar que ya no le pertenecía a nadie. Se preguntó si alguna vez sería de alguien. Mario le había dejado bastante claro que sólo quería un arreglo temporal, y ella deseó que las cosas fueran diferentes.

Tras meter a Molly en la cuna, regresó al piso de abajo. Mario se estaba preparando algo de beber en el bar del salón.

–¿Quieres un aperitivo?

–Una tónica, sin ginebra, gracias –dijo mientras se sentaba en el borde de uno de los sofás.

Él la miró con ironía mientras le pasaba el agua tónica.

–¿Estás tratando de mantener la mente despejada, *cara?*

–¿Por qué me llamas así cuando nadie puede oírte?

-¿Te molesta?

-La verdad es que no. Pero me parece innecesario.

-Yo no lo encuentro innecesario. Es parte de la función, ¿no?

Sabrina le sostuvo la mirada.

-¿Cómo va a creerse la gente que has decidido casarte con alguien como yo?

Él bebió un sorbo de su copa antes de contestar.

-Subestimas tus encantos, Sabrina. Eres una joven muy bella, siempre lo he pensado, desde el momento en que te vi por primera vez.

Ella no pudo evitar contestarle bruscamente.

-Pensaste que era una cazafortunas.

La boca de Mario se tensó momentáneamente.

-Y me equivoqué. Ya me he disculpado, Sabrina, no puedo hacer más.

Ella cruzó las piernas sosteniendo el vaso con las dos manos para no dejarlo caer.

-Si piensas que soy tan guapa, ¿por qué tienes la necesidad de renovar mi vestuario?

Se produjo un momento de tensión.

-Veo que este asunto te molesta. Aunque no te lo creas, estaba intentando ayudarte. No creo que sea fácil ir de compras cargando con una niña pequeña. Pero, como veo que no aprecias el gesto, haré que lo devuelvan todo. Te daré una tarjeta sin límite de crédito.

Sabrina sintió que se le hacía un nudo en la garganta.

-Lo siento -se disculpó-. No debería haberme mostrado tan desagradecida. Ahora me doy cuenta de que sólo tratabas de ayudar.

Mario se giró para mirarla.

–No estás acostumbrada a que la gente sea amable contigo, ¿no es así, tesoro mío?

Sabrina se secó las lágrimas con el dorso de la mano.

–Lamento estar tan sentimental.

Él depositó la copa sobre la mesa y se acercó, acuclillándose ante ella como si fuera una niña pequeña. Sus ojos la miraron con suavidad y sus dedos le acariciaron la mejilla surcada de lágrimas.

–No eres tú la que debería disculparse, Sabrina. Los dos hemos pasado unos momentos terribles. Es normal que tengamos cambios de humor; tenemos las muertes de nuestros amigos muy recientes.

–Lo sé –convino ella supirando hondo–. Lo sé…

Mario recorrió su tembloroso labio inferior con la punta del dedo. Volvió a sorprenderse de lo suave y mullida que era su boca. Sintió deseos de besarla, pero sabía cómo acabarían las cosas si lo hiciera. Ella había tenido sobre él un efecto más profundo de lo que había imaginado. Su sabor agridulce lo había dejado con ganas de más. Pero parecía dudosa, retraída y no podía culparla por ello. La había tratado fatal.

Odiaba recordar algunas de las cosas que le había dicho, le hacía sentir una culpabilidad difícil de soportar. Había hecho lo posible por compensarla, pero ella parecía ofenderse con todo. La mayoría de las mujeres se habrían ablandado al recibir joyas y ropa de diseño, pero ella había arrugado esa naricilla respingona que tenía.

Había pasado las últimas noches en vela pensando en cómo la había herido. La había tratado brutalmente al saciar su deseo salvaje, sin darse cuenta de que la pobre no era consciente de lo que estaba ocurriendo. Ella había reaccionado por instinto y él se había aprovechado de ello.

—Tienes una boca tan suave... —dijo él—. ¿Te das cuenta de que nunca me sonríes?

Ella esbozó, vacilante, una media sonrisa.

—¿De veras? —las comisuras de su boca volvieron a curvarse hacia abajo—. Supongo que no he tenido muchos motivos para sonreír en los últimos tiempos.

Mario se puso en pie y tomó una de sus manos para que ella se incorporara junto a él. Deslizó las manos por sus brazos, disfrutando de la suavidad de su piel. Sintió que la sangre se le agolpaba en la entrepierna. Se mantuvo a cierta distancia de ella para que ella no reparara en su excitación. No quería asustarla.

Ella lo miró con sus ojos grises y él sintió que algo se movía en su interior, como si alguien hubiera colocado una palanca interna en una posición completamente nueva.

Se hizo un silencio denso, pesado.

Los ojos de Mario se posaron en su boca y su corazón empezó a acelerarse al ver que ella se humedecía los labios con la punta de la lengua. La sangre le bombeó alocada por las venas, la necesidad primaria de sentir su cuerpo femenino contra su miembro endurecido era más de lo que podía soportar.

Soltó una breve imprecación antes de inclinar la cabeza y besarla.

Capítulo 9

A MEDIDA que el beso se hacía más y más profundo, Sabrina empezó a derretirse. Le pareció que tenía las piernas rellenas de lana y el estómago le dio un vuelco de placer al sentir que él la apretaba contra su miembro endurecido. Su cuerpo ardió al sentir el íntimo contacto, como si tuviera bajo la piel una hoguera abrasando sus lugares más secretos. Su corazón de mujer empezó a latir con un pulso doloroso e irregular; sabía instintivamente que sólo él podría satisfacerlo.

La boca de él se hizo más perentoria y ella rodeó su cuello con los brazos. Sabía a limpio, a esencia rabiosamente masculina. Su piel sin afeitar le arañó la cara al cambiar de posición.

El beso se dulcificó y se hizo más seductor. Sabrina sintió que era arrastrada por una intensa marea sensual, como si su cuerpo se hubiera adueñado de su mente. No había espacio para el pensamiento racional, su cuerpo ya había decidido lo que quería y estaba haciendo todo lo posible por comunicárselo a él.

Ella le mordisqueó suavemente el labio inferior, juguetona, hasta que de la garganta de Mario surgió un rugido profundo. Varios escalofríos se sucedieron en su espina dorsal al sentir que los dientes posesivos de Mario volvían a atrapar sus ya hinchados labios y la convertían de nuevo en su esclava.

Las manos de Mario se deslizaron por su espalda y se detuvieron cerca de sus senos. Sintió un hormigueo de excitación en los pezones, henchidos del deseo de sentir la dulzura ardorosa de su boca y los ásperos lamidos de su lengua.

Sabrina suspiró al sentir la caricia de los pulgares de Mario. El corazón le bailaba en el pecho.

Mario se apartó momentáneamente y la miró con deseo abrasador.

–Éste podría ser un buen momento para parar –dijo–. Antes de que perdamos el control.

Ella tragó el nudo de desilusión que se le había formado en la garganta. El deseo que él sentía por ella era algo controlable, no como el suyo propio, que podría haberla reducido fácilmente a la súplica.

–Supongo que a tu amante no le gustará saber que también te acuestas con tu mujer –dijo ella formulando sus pensamientos en voz alta.

Sus ojos la estudiaron durante largo rato.

–Sabes, durante unos segundos me ha dado la sensación de que estás celosa.

Sabrina sintió que se ruborizaba, pero elevó la barbilla de todas formas.

–No quiero ser el hazmerreír de todo el mundo.

–Nadie se está riendo de ti, *cara mia.*

Las lágrimas acudieron a sus ojos.

–Deja de llamarme eso –rogó tratando desesperadamente de controlar el temblor de su barbilla–. Por favor, no te rías de mí. No puedo soportarlo.

Las manos de Mario bajaron por sus brazos hasta atraparle las muñecas.

−¿Qué pasa aquí, Sabrina? ¿Qué es lo que te preocupa?

−No estoy segura...

−Mírame.

Ella subió lentamente la mirada.

−Ahora mismo no estoy con nadie −afirmó él.

Las pupilas de Sabrina se abrieron como platos.

−¿No tienes una amante?

Él le dedicó una sonrisa compasiva.

−No, tesoro mío. Pero quizá sería buena idea buscarme una, de ese modo no me sentiría tan tentado de acostarme contigo.

Sabrina se pasó la lengua por los labios, rojos como la sangre.

−¿Te sientes... tentado? ¿De verdad?

Él le acarició la cara interna de las muñecas con los pulgares y observó su reacción. Sintió un ligero temblor, el pulso acelerándose bajo sus dedos, vio cómo se oscurecía el gris de sus ojos.

−Me siento tentado, pero juro que no volveré a tocarte −anunció−. Una promesa es una promesa, aunque me la hiciera a mí mismo.

Se produjo un silencio embarazoso.

−¿Y si...? −se humedeció los labios antes de volver a hablar−. ¿Y si yo quisiera acostarme contigo?

Mario respiró profundamente antes de decir:

−Sabrina, no sabes lo que estás diciendo.

−Sí que lo sé −dijo ella quedamente.

Él volvió a mirarla. Sentía el corazón atenazado. ¿Cómo podía haber estado tan ciego? Era tan inocente que no tenía ni idea del infierno en el que podía convertirse su vida al pedirle que se convirtiera en su amante.

Era dulce y vulnerable, y él tendría que ser un auténtico canalla para tener con ella una aventura sin importancia.

—Sabrina... —se peinó el pelo con los dedos—. *Cara,* escúchame.

—No te molestes —dijo ella muy digna dándole la espalda—. Lo entiendo, de verdad. No soy tu tipo; me lo has dejado claro desde el principio.

Mario soltó varios juramentos en inglés y en italiano.

—Por el amor de Dios, Sabrina, para mí eres todavía una virgen.

—No sabía que era algo de lo que avergonzarse.

—Por supuesto que no es algo de lo que avergonzarse. Deberías estar orgullosa, especialmente en estos tiempos que corren.

Ella se giró para mirarlo.

—Si no te importa, creo que no voy a cenar. No tengo hambre.

Mario soltó otra imprecación, esta vez entre dientes.

—Enfurruñarse es cosa de niños pequeños, Sabrina.

—¿Crees que estoy enfurruñada?

—Creo que eres joven y vulnerable, tesoro mío —dio suavizando sus palabras con una sonrisa.

—Te veré por la mañana —se despidió ella con los hombros caídos.

Mario le puso una mano en el hombro para detenerla.

—No huyas, Sabrina —dijo suavemente—. Quédate conmigo. Háblame —le acarició levemente el sedoso pelo con los dedos—. Mírame, Sabrina —le ordenó.

Ella adoptó un tono de humildad.

—Lamento avergonzarte. Debes de estar acostumbrado a que las mujeres suspiren por acostarse contigo.

Él acarició con el pulgar su labio inferior.

—Lo primero, no estoy avergonzado en absoluto y segundo, en mi vida no hay tantas mujeres como tú te crees. Si hiciera todas las cosas que me achacan los periodistas no tendría tiempo para trabajar.

—Dices que ahora mismo no tienes una amante, pero no tardarás en hacerlo.

Mario observó sus rasgos durante unos largos instantes. Tenía unas leves ojeras y en su ceño se dibujaban finas líneas de incertidumbre. Estaba tan acostumbrado a la seguridad arrogante de sus antiguas amantes que nunca había reparado en eso. Ahora lo que más deseaba era la tímida inocencia de Sabrina, su tacto vacilante, sus besos dulces y fervientes.

Quería poseerla, instruirla en el salvaje y secreto mundo de su sensualidad, llenarla con su masculinidad, derramarse dentro de ella. La sangre comenzó a fluir violentamente por sus venas hasta que su miembro empezó a palpitar de pura necesidad.

Apretó los dientes, luchó contra la tentación, pero le resultó imposible ignorar el pulso magnético de su cuerpo, tan cercano.

—¿Estás bien? —preguntó ella en voz tan baja que apenas la oyó.

—No —dijo él ásperamente al tiempo que la tomaba por las caderas y la apretaba contra sí.

Sabrina abrió mucho los ojos al sentir su miembro endurecido.

—Pero has dicho que...

—Olvídate de lo que he dicho —gruñó mientras inclinaba la cabeza hacia ella.

Sabrina ahogó un gemido. La ardiente urgencia volvió a dominarla. El deseo fluyó por sus venas como un río de fuego. Los dedos de Mario empujaban sus caderas hacia su miembro duro y caliente. Las manos se deslizaron hacia arriba hasta rodear sus pechos, provocándole oleadas de placer.

—Me dije a mí mismo que no lo haría —dijo él—. Me lo prometí.

Sabrina sintió un estremecimiento.

—No te atormentes —dijo ahogadamente—. Ya soy mayorcita.

Él le dio un beso duro y posesivo y le lanzó una mirada sombría.

—Tengo miedo de hacerte daño otra vez.

Sabrina sintió su erección cada vez más prominente y sintió que se derretía por dentro como si fuera la cera de una vela.

—No me harás daño —susurró—. Estoy segura de ello.

Él volvió a besarla profundamente, explorando todos los rincones de su boca antes de dirigirse a uno de sus pechos. Su boca se cerró en torno a su pezón oscuro, y lo lamió con ansia.

—Tenemos que irnos arriba —dijo él tomándola en brazos.

—Déjame —protestó Sabrina—. Peso demasiado.

—Eres ligera como una pluma —replicó él subiendo con ella las escaleras.

Sabrina enlazó sus brazos alrededor de su cuello. Aspiró su aroma; las especias exóticas de su colonia mezcladas con la esencia de su masculinidad excitaron sus sentidos. Los nervios y la anticipación le provocaron un ligero mareo. Su cuerpo se estaba preparando, el rocío húmedo del deseo estaba ya ungiendo sus lugares más secretos.

Mario abrió bruscamente la puerta de su dormitorio y la cerró de un portazo una vez estuvieron dentro.

–¿Estás segura de que es esto lo que quieres? –preguntó–. Todavía estás a tiempo de cambiar de parecer.

Sabrina soltó un gemido.

–Mario, te deseo. Quiero que me hagas el amor.

Su mirada se oscureció tornándose en un pozo sin fondo de deseo.

–Te deseo desde el momento en que te vi –dijo él mientras la llevaba lenta, inexorablemente hacia la cama.

La desnudó lentamente, besando su piel a medida que ésta quedaba al descubierto hasta dejarla en ropa interior.

–Ahora desnúdame tú a mí –ordenó con una mirada humeante que le puso los pelos de punta.

Los dedos de Sabrina desabrocharon torpemente los botones de su camisa y se la quitó deteniéndose a besar la piel bronceada de sus hombros, deleitándose en la potencia de sus músculos y el sabor salado de su piel. Sus labios acariciaron sus duros pezones y sintió una punzada de excitación al oírlo gemir de placer.

Sus dedos pasaron a la cinturilla del pantalón. Ella elevó la mirada tímidamente, preguntándose si tendría el valor de continuar. Los ojos de Mario brillaron de expectación y ella suspiró y le desabrochó el cinturón, tirando de él suavemente hasta que cayó al suelo como si fuera una serpiente.

–Tú controlas la situación, Sabrina –dijo Mario con voz áspera y arrítmica–. Cuando quieras parar, para.

Sabrina siguió con el dedo el sendero de vello masculino que arrancaba en el ombligo hacia abajo, deleitándose en la llanura tirante de su abdomen.

–No quiero parar.

Oyó cómo él inspiraba hondo mientras ella seguía acariciándolo, explorando las medidas de su miembro a través del pantalón.

Mario le tomó la mano mientras trataba de serenarse.

–Dame un momento.

Sabrina lo miró alarmada.

–¿Estoy haciendo algo mal?

–No, *cara* –dijo él–. No quiero adelantarme, eso es todo.

Ella dejó la mano quieta durante unos instantes en los que siguió sintiendo el miembro palpitando contra su palma. Su masculinidad estaba fuera de toda duda.

Tentativamente comenzó a mover los dedos de un lado a otro hasta que finalmente, armándose de valor, le bajó la cremallera.

Él se despojó de los pantalones quedando cubierto solamente por unos calzoncillos negros.

Los dedos de Sabrina acariciaron la superficie hasta que, envalentonados, tiraron del tejido elástico y dejaron expuesto su orgulloso y erecto miembro viril.

Lo recorrió con la punta del dedo, asombrada de lo suave y tirante que era su piel en aquella zona. Era acero forrado de satén, energía sexual contenida e impaciente.

–Ahora me toca a mí –dijo él capturando su mano. La giró y comenzó a besarle la palma haciendo círculos con la lengua. Mientras, la otra mano, se deslizó por la espalda hasta alcanzar el broche del sujetador, que abrió con toda facilidad. La miró con avaricia e, inclinando la cabeza, le lamió los pechos lentamente, torturándola con sus caricias hasta hacerla jadear.

–Eres exquisita, perfecta.

Sabrina no acertó a decir palabra alguna. La áspera lengua de Mario se deslizaba por su cuerpo haciéndola gemir de placer.

–Todavía no es tarde para detenerse –le recordó él–. Sigues en control, Sabrina, no lo olvides.

Sabrina sintió una punzada en el corazón. Estaba siendo tan tierno y considerado que le resultaba difícil no amarlo. Quiso decírselo, pero se contuvo justo a tiempo. No quería estropear el momento confesándole un amor que no tenía ningún futuro. La única razón por la que formaba parte de su vida era Molly. Su deseo físico era algo añadido, un regalo temporal que duraría lo que tardara en encontrar una nueva amante.

–Tócame, Mario –susurró ella.

Él deslizó su mano hacia abajo y percibió una humedad caliente bajo sus braguitas.

—Eres preciosa —dijo con voz grave.

Cuando él la tocaba así, Sabrina se sentía bella, poderosa.

Sus dedos apartaron el encaje de su ropa interior y de deslizaron por su húmeda hendidura. Tras separar los labios con suavidad introdujo un dedo en su interior. Ella respiró ahogadamente al sentirlo moviéndose en su interior, explorándola con ternura, preparándola para la posesión completa.

Unos momentos después él la tumbó en la cama.

—Relájate, *cara* —dijo—. No te pongas tensa.

Sabrina trató de relajarse, pero todos los nervios de su cuerpo parecían estar en estado de alerta extrema. Arqueó la espalda mientras él le quitaba las braguitas.

—Eres irresistible.

Se estremeció mientras los dedos de Mario volvían a explorarla, a abrirse paso en su interior. Sus músculos se resistieron en un principio, pero él la distrajo con un beso y unos instantes después llegó a las profundidades de su feminidad.

Pero no era suficiente. No era lo que ella quería. Lo que ella deseaba era su miembro viril, duro y caliente, dentro de su cuerpo.

Sabrina apartó la mano de Mario y acarició su miembro en toda su longitud. Él reprimió un gemido y se tumbó boca arriba. Se dejó tocar, mientras su pecho subía y bajaba como si fuera un fuelle.

—Voy a terminar enseguida si no paras lo que estás haciendo —dijo apretando los dientes.

—Me gustaría verte —fue la respuesta de Sabrina, sorprendida de su audacia.

—Esta vez no —dijo él tumbándola de espaldas—. Lo dejaremos para otro momento. Esta vez la que va a disfrutar eres tú.

Sabrina vio cómo abría el cajón de la mesita de noche y sacaba un preservativo. Abrió las piernas para hacerle sitio, pero él se echó hacia atrás.

—No tan rápido, *cara*. Antes tengo que ocuparme de otras cosas.

Ella frunció levemente el ceño.

—¿Qué cosas?

Mario le dirigió una mirada abrasadora.

—Esto —dijo, mientras dejaba un reguero de besos que partía de su pecho y descendía hasta los rizos oscuros que protegían su secreto más íntimo.

Sabrina dejó de respirar cuando su boca se abrió paso en su interior, enviándole pulsos eléctricos con su lengua. Ella arqueó la espalda cuando él intensificó el movimiento de su caricia provocándole unas sensaciones deliciosas que parecían concentrarse en un único punto.

—Relájate, *cara* —le ordenó con suavidad—. No te pongas tensa. Déjate llevar.

Sabrina no podía creer que su cuerpo tuviera tal capacidad para el placer. La invadieron varias oleadas que la elevaban más y más alto hasta que el mundo empezó a darle vueltas. Su cuerpo se vio sacudido por varios espasmos y en su mente no había sitio más que para Mario y lo que le estaba haciendo sentir. La lasitud de la descarga física recorrió sus miembros, que habían quedado deliciosamente etéreos.

Lentamente, Mario volvió a ocuparse de la parte

de arriba de su cuerpo, acariciándola hasta que ella sintió que volvía la necesidad.

—Por favor —suplicó—. Por favor...

—No seas impaciente, *mia piccola* —dijo él mientras buscaba la posición adecuada—. Estoy intentando hacerlo lentamente y con cuidado, pero me lo estás poniendo difícil.

—No quiero ir más despacio. Quiero sentirte dentro, ahora.

Él la besó en la boca antes de empujar primero con la punta, esperando a que ella lo aceptara antes de ir más lejos.

—Dime si te hago daño.

—No me haces daño —jadeó ella.

Él la embistió con un poco de más fuerza y esperó a que su interior se dilatara antes de proseguir.

—Hacerte el amor es una gozada —dijo con voz ronca—. Una auténtica gozada.

La penetró más profundamente, con fuerza, con decisión y, aun así, con mucha ternura. El amor que sentía por él en esos momentos le hinchó el pecho, dejándole apenas lugar para respirar.

Mario incrementó el ritmo poco a poco. Algo le decía a Sabrina que estaban llegando a un punto en el que no habría marcha atrás. Sintió la tensión del cuerpo de Mario, la manera en que su respiración se iba volviendo más frenética, el sutil incremento de la fuerza con la que la sujetaba. Ella se retorcía bajo su cuerpo, arqueando la espalda como un gato, hasta que llegó esa última descarga que culminó en una explosión de placer. Sabrina sintió unas convulsiones mientras él se vaciaba dentro de ella con una serie de embestidas que la dejaron jadeante, sin aliento.

Sabrina lo oyó respirar durante un buen rato sin moverse. Le daba la sensación de que no tenía huesos. Sus sentidos estaban tan saciados que apenas podía hilar dos pensamientos seguidos dentro de su cabeza.

—¿Te he resultado pesado? —le preguntó Mario tras lo que pareció una eternidad.

—No, ha sido... agradable.

—«Agradable» no es un adjetivo muy descriptivo —dijo él secamente apartándose de ella.

Sabrina sintió una corriente de aire frío entre los dos. Se estaba distanciando. Ni besos, ni caricias poscoitales. Sólo un largo silencio y después... nada.

¿Se habría arrepentido de acostarse con ella? ¿O quizá ella no había sabido darle el placer que él esperaba de una mujer?

Él lo había hecho miles de veces, se dijo a sí misma. Aquello no había sido nada especial para él. En cambio, para ella, había sido una experiencia que perduraría siempre en su memoria. Para Mario ella no era nada más que un entretenimiento mientras estuvieran juntos por el bien de la pequeña.

—Voy a ver cómo está Molly —dijo Sabrina saliendo de la cama cubierta por una sábana.

—¿No funciona el interfono de bebés?

Sabrina miró el dispositivo que él había instalado en todas las habitaciones.

—Sí, pero no me cuesta nada echarle un vistazo.

No había nada en la expresión de Mario que indi-

cara el momento tan íntimo que acababan de compartir. No parecía remotamente afectado.
 –Ya voy yo, mientras tanto, vístete para la cena –ordenó él atándose el cinturón del albornoz firmemente alrededor de su cintura–. Giovanna ha trabajado duro en la cocina y no quiero decepcionarla.
 Sabrina se encogió cuando el cerró la puerta al salir.
 Era como si le hubiera dado un portazo a sus esperanzas.

Capítulo 10

MARIO iba por la segunda copa cuando Sabrina entró en el comedor media hora más tarde inundando el ambiente de una fragancia fresca a flores de verano.

Se había recogido el pelo, todavía húmedo, en una coleta improvisada que le daba un aire a la vez informal y elegante. Se había aplicado algo de maquillaje y en su boca centelleaba el brillo de labios.

Mario, por su parte, no sabía qué esperar, ni siquiera estaba seguro de si tenía derecho a esperar algo. Sospechaba que ella había querido acostarse con él más por diversión que por otra cosa. No estaba en absoluto arrepentido de haber hecho el amor con ella, pero sentía que había cruzado un límite y que ya no había marcha atrás. Había entrado en territorio desconocido: los sentimientos que estaba experimentando no le resultaban familiares y no sabía qué hacer con ellos.

Se había acostado con muchas mujeres a lo largo de su vida, pero ninguna de ellas había dejado una impresión duradera en él. Y sin embargo, todavía sentía un zumbido en el cuerpo tras acostarse con Sabrina. El vello se le había erizado de excitación al entrar ella en la habitación.

Apartó la revista que estaba leyendo, preguntándose si Sabrina habría visto la fotografía en la que salía él en el aeropuerto con Molly en brazos el día de su llegada a Roma. La leyenda decía: *Mujeriego de altos vuelos convertido en un domesticado padre de familia*. Verse así retratado le había impactado.

–¿Te apetece beber algo? –preguntó.

Sus labios hicieron un amago de sonrisa, que se desdibujó tan pronto como se encontraron sus miradas.

–Gracias. Tomaré vino blanco si hay.

Mario le sirvió una copa de vino blanco bien frío, que Sabrina recibió con manos ligeramente temblorosas.

–No tienes por qué estar nerviosa, Sabrina.

–No lo estoy.

Él alzó la copa e hizo girar su contenido. El sonido de los cubitos de hielo contra el cristal rompió el silencio reinante.

–Me gustaría hablar de nuestro futuro.

–Sé que lo nuestro es algo temporal. También sé que un matrimonio de conveniencia sólo funciona si es conveniente para las dos partes.

–En nuestro caso es conveniente para tres partes –señaló Mario–. Molly nos necesita a los dos.

–Sí, pero tú dijiste...

–He cambiado de parecer.

Ella dio un paso atrás, como si hubiera recibido una bofetada.

–¿Qué?

–He cambiado de parecer respecto a la duración de nuestro matrimonio –añadió–. Me gustaría que continuara indefinidamente.

–Pero tú no... quiero decir, tú y yo no nos queremos.

Mario se apoyó en el mueble bar y cruzó los tobillos mientras le sostenía la mirada.

–Todo matrimonio es una lotería. Pero cuando dos personas están dispuestas a hacerlo funcionar puede resultar muy satisfactorio a largo plazo.

–¿Y qué hay del amor? –susurró ella.

–Sabrina, tenemos la oportunidad de hacer que esto funcione por el bien de Molly. Creo que para ella lo mejor será tener dos padres que viven juntos, aunque sólo sean buenos amigos.

Sabrina sintió que se le hacía un nudo en el estómago.

–¿Pero y mis deseos? –preguntó–. Yo quiero tener mis propios hijos. ¿Cómo voy a tener la familia que siempre he querido tener si me ato a ti indefinidamente?

Él se pasó la mano por el pelo y caminó de un lado a otro de la habitación.

–Yo no quiero tener hijos –dijo–. Lo siento, pero nunca he querido. Tener a Molly ya es responsabilidad suficiente.

Ella no daba crédito a lo que acababa de oír.

–¿Esperas que renuncie a mis sueños por ti?

Él le lanzó una mirada dura y ardiente.

–No por mí, por Molly. Si renunciar a tener hijos es demasiado sacrificio para ti, podrás divorciarte de mí pasado un tiempo prudencial.

Sabrina sintió que la invadía el pánico.

–Define «tiempo prudencial».

–No te lo puedo decir con exactitud; depende de muchas cosas.

Ella elevó la barbilla.

—Como por ejemplo de que yo haga caso omiso de tus aventuras.

Su expresión se endureció.

—Si no te gustan las condiciones, ya sabes qué hacer. Te compensaré muy generosamente.

—No estoy segura de qué es lo que ha motivado todo esto, pero si tiene algo que ver con lo que ha ocurrido antes, yo…

—Tiene mucho que ver con lo que ha ocurrido antes.

—Vaya, mis artes amatorias han debido de impresionarte mucho –dijo ella sarcásticamente.

Una sonrisa relampagueó en sus ojos.

—Así es.

—Por aquello de la novedad, supongo.

—Supones mal.

Sabrina dejó de respirar al ver que él se acercaba y posaba las manos en su cintura. Cuando la tocaba así le resultaba muy fácil renunciar a sus sueños y soñar con otro momento mágico entre sus brazos.

—No lo hagas, Mario. La gente normal no se comporta así.

—¿Y qué tiene de normal nuestra situación? Juntos hemos vivido circunstancias fuera de nuestro control. Creo que no tiene nada de malo jugar las cartas que nos han tocado.

—Yo no sé cómo vivirás tú tu vida, pero la mía no es ningún juego; nunca lo ha sido.

Él respiró hondo mientras se pasaba la mano por el pelo.

—No estoy diciendo que nos tomemos esto a la ligera. Lamento haberte dado esa impresión. Tener un hijo es un paso demasiado grande para mí. Fui testigo de la dolorosa separación de mi hermano y su mujer cuando perdieron a su primer hijo. Soy el primero en admitir que no hay garantías de que esto funcione, pero quiero intentarlo. No sólo por Molly, sino también por Ric y Laura. Nos eligieron por una razón. Debieron de pensar que hacíamos buena pareja, de lo contrario nunca nos hubieran elegido como tutores.

–Lo he pensado, Mario, y sigo sin entender por qué lo hicieron. Somos polos opuestos. Si nos hubiéramos conocido en otras circunstancias ni siquiera te habrías fijado en mí.

–Te infravaloras, *cara*. Eres una de las mujeres más bellas que jamás he conocido, pero al contrario de muchas de las mujeres que conozco no tratas de lucirte a la mínima oportunidad.

Ella puso los ojos en blanco.

–Sólo te gusto por mi inexperiencia. Es una reacción primaria que no tiene que ver con los sentimientos.

–Tengo que reconocer que encuentro tu inocencia muy estimulante. Pero no es sólo eso; me gustan muchas otras cosas de ti.

Sabrina esperó a que continuara con los labios fruncidos.

–Me gusta el hecho de que permitieras que la gente creyera lo que de ti decía la prensa para proteger a unos niños. Me gusta que aceptaras casarte conmigo a pesar de odiarme con tanta intensidad. De nuevo renunciaste a tus sentimientos para proteger a una niña pequeña. Se trata de unas cualidades admirables, *cara*.

Ella soltó un breve suspiro.

—Supongo que no te odio con tanta intensidad, al fin y al cabo. Por lo menos, ahora no.

—Ya me lo imaginaba.

Sabrina se preguntó qué otras cosas se imaginaría. ¿Sabría lo mucho que lo amaba? ¿Se estaría riendo de su ingenuidad por enamorarse de un hombre que no tenía la intención de corresponder ese amor? Él había dicho que le gustaban algunas cosas de ella, no que la amara. Era muy diferente. ¿Cómo podría conformarse con algo que no fuera un hombre que la adorara y uno o dos hijos que cimentaran dicho amor?

La soledad que había vivido durante su infancia siempre la había atormentado. Por eso se había casado con Mario: para proteger a Molly del mismo destino. Mario podía haber tenido el aspecto del jorobado de Notre Dame y aun así se habría casado con él para proteger a su ahijada. Claro que era una suerte que no fuera así, pensó volviéndolo a mirar. Era el hombre más guapo que había visto en su vida. ¿Sentiría lo mismo por él en dos, diez, incluso veinte años? ¿O acabaría odiándolo por atraparla en un matrimonio sin amor cuya única razón de ser era Molly?

—Que nos hayamos acostado no quiere decir que esté enamorada de ti.

—Sería una hipocresía por mi parte esperar algo así. Yo me he acostado con un montón de mujeres y jamás me he enamorado.

Sabrina trató de ignorar los celos que provocó dicho comentario.

—¿Todavía te acuestas con ellas?
—Ya te he dicho que espero exclusividad de este matrimonio.

Ella enarcó una ceja.

—¿Quieres decir que no tienes una amante?

—¿Para qué quiero una amante si ya tengo a alguien que caliente mi cama? —preguntó lanzándole una mirada abrasadora.

—O… o sea, que quieres un matrimonio normal pero sin amor.

Él la estudió en silencio durante unos instantes. Sabrina suponía cuál sería su respuesta. No estaba preparado para comprometerse emocionalmente. Nunca se había enamorado de sus amantes, ¿por qué iba a hacerlo ahora?

—Señores Marcolini —se oyó la voz de Giovanna al otro lado de la puerta—. *La cena è pronta.*

—*Grazie*, Giovanna. La cena está lista —tradujo para Sabrina.

Ella lo siguió hasta la mesa, que había sido decorada con elegancia, y se sentó en la silla que él apartó para ella.

—Gracias.

—Mi hermano y mi cuñada quieren conocerte —dijo al tiempo que se sentaba enfrente de ella—. ¿Te acuerdas de la cena de negocios de la que te hablé?

—¿La de mañana por la noche?

—Exacto. Antonio, que es coheredero del patrimonio de nuestro padre, hace lo posible por asistir a los eventos importantes, aunque suele dejarme a mí los asuntos de empresa debido a sus compromisos como cirujano. Claire y él estarán allí mañana. Acaban de volver del extranjero. Él me ha llamado mientras estabas en la ducha.

Sabrina jugueteó con sus anillos antes de mirarlo.

—¿A qué tipo de negocios te dedicas?

—A préstamos corporativos y gestión de fondos —respondió—. También tengo una cartera de locales comerciales. Es un trabajo muy variado.

—Parece duro.

—Lo es, pero me gusta el desafío.

—Supongo que en la vida todo, incluidas las mujeres como yo, te parece un desafío que hay que conquistar.

Él estiró el brazo para tomarle la mano, que se llevó a los labios.

—Tú, *tesoro mio,* has sido un desafío encantador. He disfrutado de cada minuto.

Sabrina apartó la mano y la ocultó.

—Necesito tiempo para pensar en lo de los hijos —respiró entrecortadamente antes de continuar—: Es un gran paso para mí y no quiero hacer nada de lo que pueda arrepentirme después.

Mario sirvió vino en ambas copas.

—Tómate todo el tiempo que necesites. Le diré a Giovanna que ponga tus cosas en mi habitación después de la cena.

Los ojos de Sabrina lanzaron un destello.

—¿Quieres que me mude a tu habitación enseguida?

—Es lo que hacen los matrimonios, ¿no? Creía que compartir cama y habitación era lo habitual.

Ella tragó saliva al tiempo que hacía bolas con el pan.

—¿Quieres aceite de oliva o mantequilla con las migas? —preguntó él.

Sabrina miró su plato y compuso una mueca.

—Lo siento…

—No sé por qué te pongo tan nerviosa, *cara,* especialmente ahora que hemos consumado la relación. Créeme, de ahora en adelante todo irá mucho mejor.

Giovanna trajo el primer plato, y Mario le ordenó que llevara las cosas de Sabrina a su habitación antes de retirarse. El ama de llaves miró a Sabrina con complicidad cuando pasó por su lado y ésta se ruborizó.

—Parece contenta —comentó Mario.

—Bueno, es más fácil limpiar una habitación en lugar de dos.

—Parece que le gustas mucho…

—No será por lo que tú le has contado —replicó ella con amargura—. Al principio de llegar aquí fue muy antipática conmigo.

Él frunció el ceño.

—¿Crees que la puse en tu contra deliberadamente?

—¿Acaso no lo hiciste?

—Por supuesto que no. Quizá leyó algo en los periódicos. Hablaré con ella al respecto.

—No tienes por qué hacerlo. Fuera lo que fuera, parece que no lo ha tenido en cuenta. Ahora es encantadora conmigo, y adora a Molly.

—Giovanna lleva muchos años al servicio de mi familia y sé que está encantada de que por fin haya sentado la cabeza.

—No me pareces el tipo de hombre dócil que sienta la cabeza.

La sonrisa se desvaneció del rostro de Mario.

–Puedo cambiar –dijo dándole vueltas a la copa de vino tinto–. Pero no te hagas muchas ilusiones.

–Créeme, no pensaba hacerlo.

Una vez terminada la cena, Mario la condujo al salón para tomar una copa. Encendió el equipo de música; una balada suavizó la tensión que sentía Sabrina. Apoyó la cabeza en el mullido sofá y cerró los ojos. Mario tomó asiento junto a ella y empezó a jugar con el pelo de su nuca. Sabrina se estremeció de placer mientras él soltaba la pinza con la que se había recogido el cabello.

–Tienes un pelo precioso –dijo él con voz grave–. Prométeme que no te lo cortarás nunca.

Sabrina abrió los ojos. Cuando él la miraba así era capaz de prometerle cualquier cosa. Su boca estaba tan cerca que podía ver cada uno de los poros de su piel. Sin darse cuenta de lo que estaba haciendo acercó una mano y empezó a acariciar suavemente el contorno de sus labios. Él sacó la lengua y le lamió el dedo.

–Bésame, Sabrina.

Ella se inclinó hacia él y cerró los ojos al sentir la tenue brisa de su aliento acariciándole los labios. Lo besó con vacilante suavidad, saboreándolo.

Él asumió el control y con un latigazo de lengua tomó posesión de su boca. Una de sus manos inició el asedio de uno de sus senos. Tras acariciarle el pezón con el dedo pulgar empezó a lamerlo.

El cuerpo de Sabrina palpitaba con un pulso insistente, a un ritmo que resonaba en la profundidad de su vientre. La humedad, prueba de una necesidad que sabe que va a ser satisfecha, se deslizó por la cara interna de sus muslos. El deseo de sentir su potencia masculina la consumía entera.

A ciegas, tanteó los botones de su camisa y los desabrochó uno a uno hasta sentir su piel dura y cálida. Sus manos se deslizaron hacia los pantalones y tras quitarle el cinturón y bajar la cremallera de los pantalones tomó el miembro entre sus manos.

Él dejó de besarla para mirarla mientras lo acariciaba. Su respiración se hizo más profunda.

–Con más fuerza, *cara*. No tengas miedo, me gusta así.

Formando un círculo con sus dedos Sabrina lo masajeó dejándose guiar por sus reacciones. Él contenía la respiración, con la mandíbula bien apretada y el placer escrito en el rostro. Pequeñas perlas de sudor cubrían su piel. Ella inclinó la cabeza y lo rodeó con la boca. Lo lamió y sintió cómo el miembro se tensaba más y más con cada caricia.

–Suficiente –gimió él apartándose. Respiró profundamente un par de veces y empezó a desvestirla–. No va a ser todo para mí, ¿no?

Sabrina trató de controlar su respiración desenfrenada mientras él la desvestía lentamente. Cada prenda era apartada de su cuerpo con una serie de besos que le abrasaban la piel y enviaban corrientes eléctricas de deseo al centro de su feminidad.

Tendida en el sofá, aceptó la embestida de su boca mientras él con sus dedos exploraba su húmedo interior. El acariciador movimiento revolucionó sus sentidos. Arqueó su espalda mientras él iba descendiendo por su cuerpo, deteniéndose brevemente en su ombligo antes de continuar su viaje.

Sabrina contuvo la respiración mientras sus labios se depositaban en la sensible curva de las caderas.

—Tienes una piel tan sedosa... —dijo él mientras le acariciaba la cara interna de los muslos con tanta tranquilidad que ella estuvo a punto de gritar de frustración—. Es como de satén, cálida y suave. Quiero saborear cada centímetro de tu cuerpo.

El corazón le latía aceleradamente mientras los dedos de Mario iban aproximándose milímetro a milímetro. Sabrina jadeó de placer cuando él separó los pliegues de su entrada.

—Estás húmeda y caliente, preparada para mí —dijo él sin dejar de acariciarla.

—Te quiero dentro de mí —acertó a decir ella.

—Es demasiado pronto. Eres una novata, *cara,* y tu cuerpo no está listo todavía. Déjame que te dé placer de esta manera.

Sabrina tomó su mano y lo miró con aire suplicante.

—No, Mario, por favor. Quiero que me hagas el amor. Quiero sentirte dentro otra vez.

Él le sostuvo la mirada unos instantes antes de volver a besarla. Alargó una mano hacia los pantalones y sacó de la cartera un envoltorio cuadrado que contenía un preservativo. Se lo puso rápidamente antes de situarse sobre ella tratando de no aplastarla con su peso.

La primera embestida fue suave e hizo que Sabrina gimiera de excitación.

—¿Te estoy haciendo daño? —preguntó Mario en tensión.

Ella dejó escapar un suspiro de gozo.

—No, es perfecto. Eres perfecto.

Mario intensificó el ritmo gradualmente perdiéndose en las sensaciones que lo inundaban. Sabrina era una amante generosa, que deseaba dar tanto como recibir. Hacer el amor con ella era una experiencia muy diferente a todas las que había tenido. Ella lo conducía a otra dimensión, a un lugar en el que mente, cuerpo y alma quedaban inextricablemente unidos, donde empezaban a aflorar sentimientos que nunca había creído posibles.

Le encantaba la manera en que su cuerpo se adaptaba al suyo, como si hubiera sido creado especialmente para él. Sus delgados miembros lo rodeaban con naturalidad y su boca, tan suave, recibía sus besos con calidez.

Mario la sintió estremecerse al embestirla con más fuerza; el cuerpo de Sabrina empezó a convulsionarse con los espasmos del orgasmo mientras pronunciaba su nombre. Él terminó con la misma virulencia; fue como el disparo de un rifle saliendo de su cuerpo tras el cual quedó sumido en una vorágine de sensaciones.

Mario quedó tendido rodeándola con los brazos mientras el ritmo de sus corazones se iba normalizando. Con los dedos tamborileó una rítmica melodía en la piel de su brazo, como si fuera un piano.

No reconocía aquella canción sin palabras, pero sabía que no quería que terminara.

No todavía.

Capítulo 11

EL INTERFONO para bebés emitió un ruido y Sabrina salió del abrigo de los brazos de Mario y recogió la ropa esparcida por el suelo, tratando de no avergonzarse por su desnudez.

–Debería ir a ver si necesita que le cambie el pañal –dijo mientras se vestía tan dignamente como podía.

A Mario no parecía preocuparle tanto su falta de vestimenta. Se incorporó y se pasó la mano por el pelo.

–Voy contigo –dijo mientras se ponía los pantalones.

–No te preocupes. Puede que se espabile si vamos los dos.

–Como quieras.

Sabrina no acertó a respirar profundamente hasta que no llegó a la habitación de la pequeña. Ésta no tardó en tranquilizarse y Sabrina salió de su cuarto de puntillas y dejó la puerta entreabierta.

Oyó que Mario hablaba con alguien. Al principio pensó que debía tratarse de Giovanna, pero pronto se dio cuenta de que estaba hablando por teléfono en el dormitorio principal, pues sólo le oía hablar a él.

Siempre había odiado a la gente que escuchaba

tras las puertas, pero algo en su tono de voz la hizo detenerse junto a la puerta. Aunque estaba hablando en italiano oyó que mencionaba su nombre un par de voces. Su tono, urgente, le hizo preguntarse con quién estaría hablando. La posibilidad de que se tratara de otra mujer después del momento tan íntimo que acababan de compartir le provocó una punzada de celos. Sintió que sus frágiles esperanzas eran golpeadas una a una.

De pronto la puerta del dormitorio se abrió de golpe y apareció Mario con el móvil cerrado en la mano. Su boca estaba contraída en un gesto de dureza.

–Lo siento, Sabrina, pero tengo que salir un rato –dijo–. No volveré hasta tarde.

Ella frunció el ceño mientras él recogía las llaves del coche de la mesita de noche.

–Mario.

Él le lanzó una mirada penetrante.

–Déjalo Sabrina. Hablaremos por la mañana. Tengo que irme; alguien me espera.

Sabrina abrió la boca, pero volvió a cerrarla. Se le cayó el alma a los pies.

Alguien lo esperaba.

Sus palabras la acecharon durante las horas siguientes, mientras esperaba el regreso de Mario tendida en la cama. Era la noche más larga de su vida; nunca se había sentido tan sola.

A la mañana siguiente se despertó con un terrible dolor de cabeza. Bajó a la planta baja y entró en la cocina. Giovanna apartó apresuradamente el periódico que estaba leyendo.

–¿*La prima colazione*, signora Marcolini? –preguntó limpiándose las manos en el delantal.

Sabrina alzó las manos en un gesto de impotencia.

–Lo siento, Giovanna. ¿Puede decírmelo en inglés?

–¿Desea desayunar? –repitió el ama de llaves, evitando su mirada–. Tenemos pan recién hecho y mermelada, o si lo prefiere puedo prepararle algo de jamón y queso y…

–Está bien, Giovanna –dijo ella con un suspiro–. No tengo mucha hambre en este momento.

–¿Le ha dado mala noche la niña? –preguntó Giovanna al tiempo que introducía subrepticiamente el periódico en el cubo de la basura.

–Sólo se ha despertado una vez y no por mucho tiempo –respondió Sabrina echándole un vistazo al periódico–. ¿Es la prensa de hoy?

Giovanna frunció los labios.

–No va a poder leerlo, señora, está en italiano.

Sabrina sintió de pronto la necesidad perentoria de verlo. Acercándose al cubo sacó el ejemplar arrugado y lo alisó con la mano.

En la portada aparecía una fotografía de Mario con una mujer rubia que tuvo en ella el mismo efecto que si alguien le hubiera dado una patada en el pecho.

Tragó saliva con dificultad tratando de controlar sus sentimientos.

–¿Qué dice, Giovanna? –preguntó tendiéndole el periódico al ama de llaves.

Giovanna se secó las gotas de sudor que cubrían su frente con el delantal.

—Dice que... Mario Marcolini ha retomado su aventura sentimental con Glenda Rickman.
—¿Glenda Rickman, la modelo?
Giovanna asintió, pesarosa.
—Era su amante antes de que el señor se casara con usted.
Sabrina sintió que el aire que respiraba le quemaba el pecho.
—Ya veo...
—Ya se lo he dicho; muchos hombres italianos ricos tienen amantes —explicó Giovanna—. Usted es su mujer; eso es lo único importante.
Sabrina cerró las páginas del periódico y se lo devolvió a la criada.
—Cuando vuelva el señor Marcolini, si es que lo hace, me gustaría que le dijera que me he ido a pasar unos días fuera para meditar sobre su oferta, y que me llevo a Molly conmigo.
Giovanna frunció ligeramente el ceño.
—¿*Sì*?
—Necesito tiempo para considerar las diversas opciones. No estoy segura de si estoy hecha para este estilo de vida.
Giovanna se retorcía los dedos, preocupada.
—No debe ir donde él no pueda encontrarla, señora Marcolini —le insistió—. Se pondrá furioso.
Sabrina permaneció tranquila, implacable, aunque por dentro estaba deshecha.
—Que se enfurezca. Yo también estoy enfadada. No podemos continuar así; él tendrá que ceder.
—¡Le ha regalado diamantes! —exclamó Giovanna lanzando los brazos al aire—. Le ha dado una mansión

y vestidos caros. La trata como a una princesa. Usted es su esposa, *signora*. Usted comparte su cama.

El labio de Sabrina empezó a temblar al tiempo que las lágrimas afloraron a sus ojos.

–No quiero sus costosos diamantes ni su estúpida ropa de diseño.

Giovanna parecía confundida.

–¿Qué quiere de él?

«Quiero su corazón», pensó Sabrina.

–Dígale que lo llamaré dentro de tres días. Hasta entonces tendré el móvil apagado.

Mario aporreó la encimera de la cocina con el puño mientras interrogaba al ama de llaves por enésima vez.

–¿Qué quiere decir con eso de que se ha llevado a Molly? –rugió–. ¿Dónde demonios está? Debe de haberle dicho adónde se dirigía.

Giovanna retrocedió asustada. Tenía lágrimas en los ojos.

–Le dije que no se fuera, pero no me escuchó. No me dijo adónde pensaba irse; simplemente llamó a un taxi y desapareció antes de que me diera tiempo a dar con usted.

Mario salió de la habitación lanzando un juramento. Caminó de un lado a otro de la casa, tratando de imaginar adónde habría ido Sabrina. Tenía dinero y llevaba a Molly consigo. Podría estar en cualquier lugar del planeta.

Sintió una presión en el pecho al pensar que podría ocurrirles algo. No estaba acostumbrado a sentirse tan impotente.

Había confiado demasiado en Sabrina, había bajado la guardia. Maldita sea, ella se había dejado poseer, haciéndole creer que albergaba sentimientos hacia él, cuando todo el tiempo había estado planeando la escapada.

Recordó de pronto el día del funeral, el momento en que la había sorprendido diciéndole a Molly que ya se le ocurriría la manera de salir de aquella situación.

Apretó con fuerza los dientes al pensar que todo ese tiempo ella había estado planeando su venganza. Si la prensa se hacía eco de todo aquello, quedaría como un perfecto imbécil. Y él podía aguantar eso; lo que no podría soportar era el hecho de que Sabrina lo hubiera abandonado justo cuando él comenzaba a darse cuenta de cuánto la necesitaba. No era sólo por Molly; desde el momento en que conoció a Sabrina había sentido que algo faltaba en su vida y hasta ahora no había sido capaz de identificar qué era.

La mansión estaba dolorosamente vacía. ¿Había sido así siempre? ¿Por qué no se había dado cuenta antes? Sus pisadas resonaban ominosamente en los pasillos mientras buscaba enloquecido en todas las habitaciones pistas sobre el paradero de Sabrina.

La habitación de Molly olía a polvos de talco y Mario sintió que se derrumbaba al tomar entre sus manos uno de los diminutos peleles. Sus dedos se cerraron con fuerza en torno a la prenda y pensó en el dolor que debió de sentir su hermano cuando su pequeña hija nació muerta. Se le hizo un nudo en la garganta al pensar en la valentía de su hermano, que había afrontado el desafío de concebir otro hijo con la mujer a la que había esperado aquellos cinco y solitarios años.

Se sintió avergonzado por haberse convertido en un hombre tan superficial y egoísta. Antonio había sido brutalmente franco con él la noche anterior antes de verse groseramente interrumpidos por los periodistas.

Mario entendía ahora por qué Sabrina se había mostrado reacia a aceptar un plan que incluía un matrimonio sin amor y sin hijos. Los niños lo eran todo para ella. Su razón de ser era cuidar de los demás. Había visto cómo se iluminaban sus ojos grises cuando miraba a Molly. Y él le había negado el sueño de tener sus propios hijos y la había atrapado mediante el chantaje en una relación que le daba dinero, joyas y prestigio, pero no lo que ella más deseaba.

–*Signore Marcolini* –Giovanna lo llamó vacilante desde la puerta.

Él se giró y la miró tratando de adoptar una expresión impenetrable.

–¿Sí?

–La cena de esta noche… Le he planchado el traje.

Mario lanzó un juramento mientras echaba un vistazo a su reloj.

–Llame a mi hermano y dígale que no puedo asistir –le espetó mientras se acercaba a grandes zancadas a su despacho–. Dígale que tenía asuntos más importantes de los que ocuparme. Él lo entenderá.

Sabrina estaba sentada en una terraza soleada vigilando de cerca a Molly, que dormía en su carrito en el interior de la casa. La villa que había alquilado en Positano era pequeña, pero ofrecía la calma y tranquilidad que necesitaba para meditar sobre la decisión más difícil que tendría que tomar en su vida.

Había leído información sobre el pueblo en una guía turística de Internet y se había sentido irremediablemente atraída desde el primer momento. Era como el paraíso terrenal, o al menos eso decía la guía. Se encontraba resguardada del viento por las montañas Lattari, y su clima seco y templado atraía turistas en todas las épocas del año. La guía también mencionaba las palabras que John Steinbeck había escrito en un ensayo en los años 50: «Positano impresiona profundamente. Es un lugar de ensueño que no parece verdadero cuando estás en él, pero del cual sientes con nostalgia toda su profunda realidad cuando lo has dejado».

Esas palabras le habían recordado a su relación con Mario. Su amor por él la había impresionado profundamente, sentía las marcas que había dejado en su alma.

No había sido un matrimonio de verdad, pero ahora que se había marchado le parecía más real que nunca.

¿Podría abandonar a Molly y dejar que Mario viviera una existencia de lujo y libertad? ¿O sería capaz de quedarse y sacrificar el sueño de formar su propia familia por él?

No era una decisión tan difícil. No había pasado más que un día separada de él y sabía muy bien qué elegiría si lo tuviera ahí delante.

El sonido de unos pasos en la terraza le hizo alzar la vista sorprendida. El corazón la latió aceleradamente al ver a Mario de pie frente a ella.

—La próxima vez tendrás que borrar las huellas,

cara –dijo en un tono que ella no fue capaz de descifrar–. Por ejemplo, el historial de páginas visitadas en Internet.

Ella se levantó de la tumbona. Las piernas apenas la sostenían.

–Mario… yo… Tengo algo que decirte.

Él estaba ojeroso y demacrado, como si no hubiera dormido en toda la noche. Ella dio un paso hacia él, pero Mario le dio la espalda y miró el océano que se extendía ante sus ojos.

Su voz sonó hueca, llena de arrepentimiento.

–No te culpo, Sabrina –Mario permaneció inmóvil unos instantes antes de girarse hacia ella con expresión contrita–. No te culpo por abandonarme. Me lo merezco por la forma en que te he tratado.

Ella no se atrevía casi ni a respirar.

–He sido un imbécil –continuó–. No me di cuenta hasta que te fuiste.

Sabrina pensó de pronto que toda su vida sería una sucesión de momentos como aquél: él volviendo a casa disculpándose por una nueva indiscreción, una nueva aventurilla aireada por los periodistas recordándole que ella no era capaz de hacerlo feliz. Él le pediría perdón y ella aceptaría su disculpa; así una y otra vez hasta que el dolor acabara con ella. Sintió la ira creciendo en su interior.

–¿Por qué tuviste que acostarte conmigo? –preguntó atragantándose con sus palabras–. ¿Por qué tuviste que convertirme en otra de tus amantes baratas? ¿Por qué?

Mario atrapó con las manos sus puños cerrados y miró su rostro encolerizado.

—Sabrina, no me estás escuchando. Deja de gritarme un momento y permíteme que diga lo que he venido a decirte.

—Lo hiciste a propósito, ¿verdad? Hiciste que me enamorara de ti para reírte de mí... ¿Te reías de mí cuando estabas con ella?

—*Cara...* —Mario apenas podía respirar de la emoción que sintió al oír sus palabras. *Ella lo amaba.* Parecía imposible, después de cómo la había tratado.

—¿Por qué? —volvió a preguntar ella con los ojos anegados en lágrimas—. ¿Por qué tuviste que hacerme el amor? ¿Era necesario llevar las cosas tan lejos?

Mario la agarró todavía con más fuerza.

—Me acosté contigo porque no pude resistirme. Porque quería hacerte mía —respiró hondo antes de añadir—: Me acosté contigo porque estaba enamorado.

Sabrina se quedó laxa.

—Pero... eso es imposible. El periódico decía que habías vuelto con tu amante. ¿No fuiste a verla anteayer por la noche?

El rostro de Mario adoptó un tinte sombrío.

—Fui a ver a mi hermano. Quedamos en uno de nuestros bares favoritos, pero nos interrumpieron Glenda y los periodistas. Ella se volvió loca de celos cuando me casé contigo, y tuve que cortar con ella. Nunca antes la habían dejado, así que planeó una pequeña venganza.

Sabrina se mordió el labio hasta que le dolió.

—¿Y la foto?

—Sé que era comprometedora, pero ya sabes cómo son los periodistas. Le acababa de decir que se alejara de mi vida y de la gente a la que quiero, especialmente de ti, y ella se arrojó sobre mí. Lo que la prensa no contó es que unos minutos más tarde los empleados de seguridad la sacaron del local.

—¿Lo estás diciendo en serio? Quiero decir... eso de la gente a la que quieres...

Él la rodeó con sus brazos y la atrajo hacia sí.

—Me di cuenta ayer cuando hablaba con mi hermano. Le pedí consejo sobre lo nuestro. Mientras hablábamos rememoré el día en que nos conocimos en la boda de Ric y Laura y cuando volvimos a vernos en el bautizo. Me di cuenta de que siempre me había sentido atraído por ti; no podía apartarte de mi mente. Supongo que siempre he estado un poco enamorado de ti y creo que Ric y Laura lo sabían.

—Yo también creo que estaba un poco enamorada de ti.

Las manos de Mario rodearon su rostro.

—¿Sólo un poco? —preguntó con una sonrisa traviesa.

Ella lo miró, radiante.

—Mucho. Total e irrevocablemente.

—¿Quieres casarte conmigo, Sabrina? —preguntó.

Ella frunció el entrecejo, sorprendida.

—Pero, querido, ya estamos casados, ¿no? —preguntó mostrándole el anillo de compromiso y la alianza.

—Hablo de casarnos de verdad, *tesoro mio* —replicó él adoptando una expresión seria. Quiero verte caminando por el altar hacia mí, con un vestido blanco y un velo muy largo. Quiero darte la mejor luna de miel que puedas soñar —se detuvo unos segundos antes de añadir—: Y quiero darte un hijo. O dos.

Sus ojos se abrieron como platos.

–¿Lo dices en serio? ¿Estás seguro?

Él asintió asiéndole las manos con fuerza.

–Me bastaron unas cuantas horas en soledad para darme cuenta de lo mucho que os echaba de menos a ti y a Molly. Lo quiero todo, Sabrina. Te quiero a ti, a Molly y una familia propia.

Ella se acercó y echándole los brazos al cuello depositó un beso en su boca.

–Te quiero. Pensaba volver a casa para decirte que quiero vivir contigo, con niños o sin ellos.

Mario sintió una plenitud que nunca hubiera creído posible

–Eres la persona más generosa que he conocido jamás. ¿Qué he hecho para merecerte?

Ella suspiró y lo abrazó con fuerza.

–No me puedo creer que esto esté ocurriendo de verdad. Me sentí fatal cuando pensé que estabas con otra.

–*Cara,* las cosas no van a cambiar, así son los periodistas. Hacen dinero a costa de gente como Antonio y como yo, inventando escándalos, especulando todo el tiempo con nuestras vidas. Tendrás que confiar de mí; si no, nos destruirán.

Sabrina le sostuvo la mirada con ojos amorosos.

–Me fío de ti, Mario. Ric y Laura lo hicieron, y Molly también. Eres el hombre más leal y digno de confianza que he conocido nunca.

Él la besó con suavidad.

–Gracias por tus palabras, significan mucho para mí. Nunca pensé que encontraría a alguien como tú. Es más, no sabía que seguían existiendo personas como tú. Pensé que mi hermano había encontrado a la última.

—Hablando de lunas de miel... —dijo Sabrina restregándose contra él al estilo gatuno—. ¿Tenemos que esperar a que estemos casados de verdad?

Él la tomó entre sus brazos.

—¿Quién ha dicho que tengamos que esperar? ¿Acaso no somos marido y mujer?

Sabrina esbozó una sonrisa de dicha y enlazó los brazos alrededor de su cuello.

—¡Por supuesto!

Bianca

Adjudicada… una noche con la princesa

Trece años atrás, Yannis Markides echó de su cama a una joven princesa. Todavía ahora a Marietta se le sonrojaban las mejillas al recordar su juvenil intento de seducción. Rechazar a una Marietta ligera de ropa fue el último acto de caballerosidad del melancólico griego. El escándalo que siguió destruyó su vida y destrozó a su familia. Ahora ha reconstruido su imperio, ha recuperado el buen nombre de los Markides… ¡y está listo para hacerle pagar a la princesa!

Marietta está en deuda con él. Y su virginidad es el precio que debe pagar…

El griego implacable

Trish Morey

¡YA EN TU PUNTO DE VENTA!

Acepte 2 de nuestras mejores novelas de amor GRATIS

¡Y reciba un regalo sorpresa!

Oferta especial de tiempo limitado

Rellene el cupón y envíelo a
Harlequin Reader Service®
3010 Walden Ave.
P.O. Box 1867
Buffalo, N.Y. 14240-1867

¡Sí! Por favor, envíenme 2 novelas de amor de Harlequin (1 Bianca® y 1 Deseo®) gratis, más el regalo sorpresa. Luego remítanme 4 novelas nuevas todos los meses, las cuales recibiré mucho antes de que aparezcan en librerías, y factúrenme al bajo precio de $3,24 cada una, más $0,25 por envío e impuesto de ventas, si corresponde*. Este es el precio total, y es un ahorro de casi el 20% sobre el precio de portada. !Una oferta excelente! Entiendo que el hecho de aceptar estos libros y el regalo no me obliga en forma alguna a la compra de libros adicionales. Y también que puedo devolver cualquier envío y cancelar en cualquier momento. Aún si decido no comprar ningún otro libro de Harlequin, los 2 libros gratis y el regalo sorpresa son míos para siempre.

416 LBN DU7N

Nombre y apellido	(Por favor, letra de molde)	
Dirección	Apartamento No.	
Ciudad	Estado	Zona postal

Esta oferta se limita a un pedido por hogar y no está disponible para los subscriptores actuales de Deseo® y Bianca®.
*Los términos y precios quedan sujetos a cambios sin aviso previo.
Impuestos de ventas aplican en N.Y.

SPN-03 ©2003 Harlequin Enterprises Limited

Deseo™

La mujer adecuada

JENNIFER LEWIS

Salim al-Mansur, magnate de los negocios y príncipe del desierto, debía casarse y proporcionarle un heredero a su familia. Pero la única mujer a la que deseaba no podía ser para él.

Su intención había sido mantener una relación estrictamente profesional con Celia Davidson, aunque era imposible estar junto a ella sin sucumbir al deseo. Ya la había rechazado en una ocasión, alegando que no era la novia apropiada. La tradición le impedía contraer matrimonio con una mujer americana, moderna e independiente, y mucho menos tener descendencia con ella… a no ser que Celia ya le hubiera dado un heredero.

Era un hombre poderoso, pero ella dominaba su corazón

¡YA EN TU PUNTO DE VENTA!

Bianca

Ambos estaban en peligro… de amar

La enfermera Emily Tyler ha venido a Grecia con buenas intenciones, pero Nikolaos Leonidas no ve en ella más que a una cazafortunas que se quiere hacer con el dinero de su familia. Por eso, planea dejarla en evidencia. Invitarla a pasar un fin de semana de champán y pasión en su yate será suficiente.

Cuando por fin Emily puede probar su integridad ya es demasiado tarde, pues se ha enamorado de él. Sin embargo, la vida tan azarosa que lleva el griego no es para la cauta y tranquila Emily. ¡Sobre todo ahora que está embarazada!

En peligro de amar

Catherine Spencer

¡YA EN TU PUNTO DE VENTA!